Toutes les femmes sont fatales

LES NOUVELLES QUI CONSTITUENT CE RECUEIL ONT ÉTÉ
SÉLECTIONNÉES PAR DANIELLE CHAREST.

Toutes les femmes sont fatales

sont fatales

De Sparkle Hayter à Val McDermid,
7 histoires de sexe et de vengeance

Traduction originale de Martine Leconte

Librio

Inédit

*Les textes du recueil original ont été rassemblés par
Stella Duffy et Lauren Henderson
sous le titre* Tart Noir

Sparkle Hayter

Le journal de Sue Peaner
(Si j'aurais su, j'aurais pas venu !)

J 1

Premier jour sur cette île. Ça ressemble au paradis. Y a des palmiers, une plage de sable blond, et la mer, plus turquoise que ça, tu meurs. En plus, j'aime bien les gens de ma tribu. Notamment Hervé, un gay philippino-américain de San Francisco, et Karen, une bibliothécaire écolo qui nous vient de l'Iowa. Les autres sont très sympas aussi et ça m'embête. Quand il va falloir les éliminer, ça va être dur. Aujourd'hui, on s'est assis autour d'un feu de bois et on s'est raconté nos vies. Ils ont tellement plus d'expérience que moi ! Myron est médecin. Quelque part, c'est rassurant de savoir qu'on a un toubib dans l'équipe. Ça peut toujours servir. Originaire de Houston, Helen, soixante-six ans, a survécu à un cancer du sein et court le marathon. Bob a quarante ans, cadre dans les assurances-vie à Brooklyn. Il aime bien travailler le bois. Vétéran de la guerre du Golfe. En tout cas, il a l'air super bien entraîné, question survie en pleine nature.

Aujourd'hui, on a eu du riz et du poisson au déjeuner. Le poisson nous était offert avec les compliments de la production, mais c'était la première et la dernière fois. À partir de demain, seul le riz nous sera fourni. Quant au reste, faudra qu'on se débrouille comme des grands. Karen a apporté un bouquin sur les plantes comestibles et la vie animale dans cette région du globe. Pas bête, la nana. En attendant, y a qu'à lever la tête, il y a des noix de coco à profusion. Ça devrait déjà nous apporter du liquide et des vitamines. Sans compter les myriades de poissons qui hantent ces eaux translucides et nous assureront notre apport quotidien de protéines. Hervé nous a dressé un tableau idyllique des menus qui nous attendent. J'en ai l'eau à la bouche. Mais, pour l'instant, s'agit pas de rêvasser. Faut construire nos huttes et creuser des latrines. C'est plus compliqué qu'il n'y paraît, dans la mesure où nous n'avons ni pelles, ni marteaux, ni clous.

J 2

Bob commence à me taper sur les nerfs. En fait de guerre, il semble qu'il n'ait jamais quitté le pays et ait passé son temps à attendre des ordres qui ne venaient jamais. Très innocemment, j'ai eu le malheur de lui demander en quoi ça faisait de lui un vétéran. Ma question ne lui a pas plu et, depuis, j'ai l'impression qu'il m'en veut. Ce soir, j'étais censée dégoter de quoi dîner pour nous tous. Je trouve que je ne m'en suis pas mal tirée, si l'on songe que les bouquins de Karen ne nous sont d'aucune utilité. À mon humble avis, toutes ces espèces – végétales ou animales – sont plus qu'en voie de disparition ; carrément disparues. Cela dit, aucun de nous n'a été capable de grimper jusqu'au sommet d'un cocotier. C'était pourtant notre premier test de survie. On a tous des ampoules sur la face interne des cuisses et, pour les mecs, je vous dis pas, c'est encore pire. Ils marchent tous les genoux écartés. Quant aux délicieux poissons, exotiques ou non, je n'en ai pas encore vu la queue d'un. Quoi qu'il en soit, je nous ai rapporté un rat bien dodu, plus un panier rempli de larves (c'est plein de protéines, paraît-il), avec un perroquet en prime. Je suppose qu'il est mort de mort naturelle. Je l'ai trouvé tel quel, les yeux ouverts, les pattes en l'air, au pied de l'arbre où Karen et moi avons construit notre hutte. On ne pourra pas préparer un repas de gourmets, à la française. De toute façon, Bob m'énervait tellement que j'aurais avalé n'importe quoi, à commencer par ses pauvres petites couilles de taré. D'ailleurs, je n'étais pas la seule. Karen venait de le remettre à sa place. « Hé, ça suffit, Bob ! On tourne pas dans un film, là. Alors tu la boucles ! » De toute manière, Hervé a promis de nous concocter un ragoût de rat-larves-perroquet à la façon du chef. J'en salive d'avance.

J 3

Ce matin, j'étais un peu patraque. Faut dire que j'ai passé la moitié de la nuit à vomir. Comme tous les autres, à part Bob. Naturellement, il prétend que c'est parce qu'il est le seul à ne pas avoir touché à notre ragoût maison. Pour ma part, j'ai ma petite idée. Il fait tout ce qu'il peut pour me décourager, parce qu'il voit en moi une concurrente de taille. Heureusement, tout le monde est d'accord avec moi. Ce mec est odieux. Arrogant. En plus, il a complètement foiré le test qui consistait à marcher pieds nus sur des braises puis sur des rochers pointus ; ensuite il fallait rester debout dans l'eau salée jusqu'au ras des narines pendant quinze minutes, sans bouger d'un iota.

J 4

Aujourd'hui, le test était intéressant. On nous a déposés à l'autre bout de l'île, un bandeau sur les yeux et les mains ligotées derrière le dos. Le but était de rentrer le plus vite possible au bercail – enfin, si on peut appeler ça comme ça. Ce qu'on ignorait, c'est qu'ils nous avaient promenés dans tous les sens pendant plus d'une heure pour finalement nous larguer à cinq cents mètres de notre camp de base. Ce fut un vrai massacre. On s'est pris les pieds dans les racines, on a erré lamentablement, on a tourné en rond comme des cons pendant une éternité. Et, durant tout ce temps, l'équipe télé nous filmait. Ça aurait pu durer jusqu'à l'aube, si les cameramen n'avaient pas eu pitié de nous. Je suppose qu'ils commençaient à en avoir marre, eux aussi. Ils nous ont enlevé nos bandeaux. On était à vingt mètres du camp. Ensuite on a voté. Je n'arrive pas à croire que Myron se soit ligué avec Bob pour m'éliminer. Quel enfoiré ! Rien que des sourires par-devant, et le coup de poignard par-derrière ! Heureusement, tous les autres ont voté contre Bob. C'est dans ces moments-là qu'on reconnaît ses vrais amis.

J 5

Finalement, vous savez quel genre de docteur est Myron ? Il a un doctorat, certes, mais en littérature française ! C'est sûrement rudement pratique quand vous êtes envahi par une épidémie d'auteurs français – ce qui ne risque pas de nous tomber dessus. Et, en plus, il est susceptible ! Non mais je rêve ! Pas plus tard qu'aujourd'hui, il m'a traitée de « manipulatrice passive/agressive » (faudrait savoir !) et d'un tas d'autres choses que la décence m'interdit de citer. Quoi qu'il en soit, il s'est planté. Éjecté, Dr Myron. Bien fait pour sa pomme. Ce qui m'a fait de la peine, tout de même, c'est que Karen vote contre moi. Elle a dit que j'étais pas facile à vivre, que je foutais la merde. Et elle, elle s'est regardée dans la glace, récemment ? Tout ce qu'on a eu à manger ce soir, c'était du riz et quelques feuilles, plus deux ou trois larves. Ah, putain, que j'en ai marre ! Je suis fatiguée. Fatiguée...

J 8

L'enfer. Non, je ne plaisante pas. Le ciel nous est littéralement et radicalement tombé sur la tête. Un typhon ! Je n'avais jamais vécu ça auparavant. J'en avais vu à la télé, comme tout le monde, mais j'étais bien au chaud chez moi, et j'étais désolée pour ces pauvres gens. Tandis que, là, on l'a pris en pleine poire. On dormait gentiment dans nos cahutes. Et, soudain, je me suis réveillée en sursaut. Je ne sais trop comment, je me suis accrochée à l'un des montants de notre cabane. J'ai volé dans les airs puis j'ai vu atterrir près de moi Hervé, Karen, et un mec de l'autre camp, un certain Tom. J'ignore ce que sont devenus les autres. Hervé pense qu'ils se sont noyés. Le typhon est passé, mais la tempête fait rage. Je ne possède plus rien au monde, à part les vêtements que j'ai sur le dos, mon carnet et mon crayon.

J 10

La tempête s'est apaisée. Aujourd'hui, nous avons osé aller explorer notre nouveau domaine. Sommes-nous à l'autre bout de la même île, ou avons-nous été projetés au milieu de nulle part ? Rien ici ne ressemble à ce que nous avons connu jusqu'à maintenant. C'est plus rocailleux, moins hospitalier. Avec, autour de nous, de l'eau, de l'eau partout *and not a drop to drink*, comme disait le poète. Hervé cherche déjà un moyen d'attraper des poissons. Karen, en revanche, m'inquiète un peu. J'ai l'impression qu'elle va plus très bien dans sa tête.

J 11

Rien à manger. On est tous à cran. Tom commence à nous taper sur le système. Il n'arrête pas de prier et de nous dire que Dieu sait ce qu'il fait. À part ça, il nous bassine avec ses matches de foot du temps où il était quarterback à l'université d'Alabama et, pour couronner le tout, il fredonne des cantiques avant de s'endormir. Je suis tolérante, dans l'ensemble, mais, y a des fois, j'aimerais bien qu'il la ferme. PUTAIN, QU'IL LA FERME ! Bon, j'arrête, sinon je vais m'énerver. De toute façon, je ne peux plus écrire, y a plus assez de lumière.

J 12

Toujours pas de bouffe. Je me sens de plus en plus faible. Ce matin, j'ai cru voir des anges penchés au-dessus de moi. Tom a chantonné toute la nuit. Je lui ficherais bien mon poing dans la figure, si j'en avais encore la force.

J 13

Aujourd'hui on a mangé Tom. C'est Hervé qui l'a trouvé, ce matin, sur la plage. Crise cardiaque, apparemment. Il a dû glisser sur des rochers, parce que sa tête était salement amochée. Oui, je sais, c'est horrible. Mais on n'avait pas tellement le choix, on avait besoin de protéines. Personne ne sait où on est. Personne ne semble s'inquiéter de notre sort. Depuis qu'on est sur cette île, on n'a pas vu passer un seul avion. Je bénis le Ciel qui a fait qu'Hervé soit à mes côtés. C'est lui qui a allumé un feu avec des bois échoués, et a fait rôtir le meilleur de Tom, paix à son âme. Ensuite, Hervé a fait tremper ce qui restait de Tom dans l'eau salée, comme pour la choucroute, puis on a mis les morceaux à sécher au soleil. Avec les quelques algues qu'on a ramassées, on devrait tenir une ou deux semaines. Tom était très croyant. Je suis sûre qu'il nous approuve, où qu'il soit.

J 20

Hier soir, nous avons fini Tom. Ainsi que nos dernières réserves d'algues. Karen et Hervé sont allés en cueillir d'autres pour ce soir. J'aimerais bien que les secours nous trouvent. Mais peut-être qu'ils croient qu'on est morts, victimes de la tornade, comme pas mal de gens. Bon sang, ça sert à quoi, la technologie ? On envoie des robots sur Mars et on laisse mourir des gens sur une île prétendument paradisiaque, au beau milieu de la planète Terre ? Merde, je donnerais tout ce que j'ai au monde pour redevenir Sue Peaner, fana de camping et secrétaire de direction à New Paltz, New York.

J 21

Mon Dieu ! Karen a disparu ! Hervé et elle étaient allés cueillir des algues, et elle a été emportée par une déferlante. Il a fait tout ce qu'il a pu pour la sauver, mais les courants étaient trop forts. Il a plongé et replongé, en vain. Et voilà. Dorénavant, il n'y a plus que lui et moi sur cette île de malheur. Avec, pour toute subsistance, ces algues crues et gluantes. (Hervé a décidé qu'il valait mieux économiser les bois échoués.) En attendant – et quoi, d'ailleurs ? –, c'est pire que l'enfer.

J 22

Nom d'une pipe, on a vraiment de la chance ! Le corps de Karen s'est échoué sur la plage. C'est Hervé qui l'a trouvée, alors qu'il scrutait l'horizon et le ciel, comme tous les matins, dans l'espoir de voir apparaître un bateau ou un avion. Selon lui, elle sera sans doute tendre et goûteuse car elle avait une bonne couche de graisse entre la peau et les os. Pour célébrer l'événement et lui rendre hommage, on a improvisé un nouveau mode de cuisson. Une poêle faite d'une pierre plate et fine et un morceau de la robe de Karen qu'on a fait sécher. On avait juste assez de bois pour un repas chaud. Demain, on fera du hachis et on mangera froid jusqu'à ce qu'on trouve du combustible.

J 31

On est à court de Karen, et à court de chauffage. Hervé et moi passons le plus clair de nos journées à récolter du bois. Parce que, quitte à avoir le ventre creux, autant l'avoir au chaud. Je suis devenue assez experte en matière de survie. Je pourrais même en remontrer à Hervé. Y en a pas une comme moi pour démarrer un feu avec un tesson de bouteille et un rayon de soleil. On se débrouille, finalement, et je me sens l'âme de Robinson Crusoé, avec Hervé dans le rôle de Vendredi. N'empêche, je me demande ce que font les secours et, si jamais je m'en sors, ils vont m'entendre, les producteurs, croyez-moi.

J 32

Plus de bouffe. On a eu de la chance, jusqu'à présent, avec Tom et Karen. Mais, maintenant, qu'est-ce qu'on va faire ? Bon, j'arrête, j'entends Hervé qui se pointe derrière moi et...

J 34

Hervé a essayé de me tuer, il y a deux jours. Il voulait m'assommer avec une grosse pierre. Depuis, je me cache. Je n'ose même plus dormir. J'ai tellement la dalle que j'ai l'impression que mon estomac me bouffe de l'intérieur. Finalement, c'est peut-être la faim qui aura raison de moi, plutôt qu'Hervé. Bon sang, mais que fait cette chaîne de télé de merde qui m'a entraînée dans cette aventure ? Ils sont responsables, non ? Si je m'en sors, ils vont avoir de mes nouvelles !

J 36

Ben on peut dire que j'ai du bol ! Alors qu'Hervé tentait de m'assassiner, il a glissé et m'a ratée. La clémence ne fut pas réciproque. Vlan ! Une grosse pierre en plein sur l'occiput. Il est mort sur le coup. Enfin, *sous* le coup. Ensuite, je l'ai mangé. Pas au complet, seulement un bras que j'ai fait rôtir. Mieux vaut en garder pour demain. Qui sait ce que l'avenir me réserve ?

J 45

J'ai plus que du bol ! Je venais à peine de finir Hervé et de jeter ses os dans l'océan quand j'ai vu un hydravion qui décrivait des cercles autour de mon île minuscule. J'ai allumé un feu sur la plage avec tout le reste du bois. L'appareil s'est posé à vingt mètres du rivage et j'ai marché vers mes sauveteurs.

En fin de compte, c'est la chaîne qui a payé pour nous récupérer. En attendant, je suis bien installée, dans le meilleur hôtel de Sydney. Je viens d'appeler le service d'étage et j'ai commandé du homard, puis un pavé sauce béarnaise, suivi d'une tarte Tatin avec de la crème Chantilly. Et, pour clore le tout, un café bien serré et du Grand Marnier dans un verre ballon. Quelque part, je sais qu'Hervé, Karen, Tom et les autres auraient voulu que je fête l'événement.

Et, dès que j'ai fini, j'appelle mon avocat.

*
**

Dépêche de l'AFP : Survivante !

Sue Peaner, native de New Paltz (NY), secrétaire de direction et fana de camping, a survécu pendant plus d'un mois sur une île déserte, grâce à de l'eau de source, des algues et quelques poissons qu'elle a réussi à pêcher dans un lagon. Âgée de 28 ans, cette jeune femme faisait partie des candidats retenus pour une célèbre émission de télé-réalité, théoriquement sans danger. Malheureusement, le tournage avait à peine commencé qu'un typhon s'abattit sur l'île où étaient hébergés les participants à ce jeu télévisé, balayant tout sur son passage. Sue Peaner s'est retrouvée seule sur un îlot rocheux. « Je savais que je devais tenir bon », nous a-t-elle déclaré, depuis l'hôtel où elle se remet de ses émotions. « Je n'ai jamais perdu espoir, j'étais certaine que la chaîne mettrait tout en œuvre pour nous retrouver. » Les équipes de secours l'ont découverte jeudi après-midi et l'ont dirigée sur Sydney (Australie), où elle tente d'oublier cette aventure qui a bien failli lui coûter la vie. Son plus mauvais souvenir ? « Les méduses empoisonnées, les requins, et tout le reste... »

Jusqu'à présent, hélas, les huit autres candidats ainsi que les vingt-sept membres de l'équipe de tournage sont portés disparus. « Ce sont des gens formidables, je suis certaine qu'on va les retrouver sains et saufs », nous a déclaré la jeune femme.

Les producteurs de l'émission ont décidé d'attribuer à Miss Peaner le prix d'un million de dollars destiné au gagnant du jeu. Miss Peaner, néanmoins, nous a fait part de son intention d'attaquer la chaîne. Son avocat s'est refusé à tout commentaire. En revanche, nous savons d'ores et déjà que Disney est intéressé par tous les droits d'exploitation et de reproduction de cette histoire peu banale. Affaire à suivre.

Martina Cole

Trop, c'est trop

Shona jeta un coup d'œil aux deux petits garçons qui dormaient sur la banquette arrière et sourit. Ils étaient vraiment craquants. Blonds, les yeux bleus, pas sauvages du tout, ils charmaient tout le monde en trois secondes. Au fond, c'était normal : ces enfants étaient choyés, leur mère les adorait.

Dans le rétroviseur, elle vit une jambe de son aîné, Tom, secouée de légers soubresauts. C'était bon signe ; il s'était enfin endormi. Tom avait toujours eu le sommeil agité.

Elle bâilla. Elle aussi était lasse, à vrai dire. La nuit avait été longue. Toutes ces discussions l'avaient épuisée.

Elle abaissa le pare-soleil et se regarda dans le petit miroir de courtoisie. Longs cheveux blonds dont la teinte subtile était due aux soins du coiffeur une fois par semaine, voire deux. Bouche pulpeuse, qui lui donnait un air plus sensuel qu'elle ne l'était réellement.

Elle nota les fines rides sur son front. Les rides d'une femme qui a trop de soucis en tête. S'efforçant de se détendre, elle contempla son image durant de longs moments. Puis elle se tourna vers son mari. Il marmonnait, comme d'habitude. Elle décida de l'ignorer.

Il avait tendance à marmonner de plus en plus, ces derniers temps. Elle avait le sentiment qu'il rêvait d'être ailleurs. Avec l'une de ces autres femmes plutôt qu'avec elle et les garçons.

Fermant les yeux, elle laissa reposer sa nuque contre l'appuie-tête. C'était confortable et elle aurait pu aisément s'assoupir. Mais elle lutta pour rester éveillée. Joseph avait cessé d'émettre ces bruits de gorge tellement agaçants. Ah, quel soulagement que ce silence !

Elle songea à leurs premières rencontres. Dieu qu'ils s'aimaient ! À l'époque, ils n'étaient que deux dans la voiture. Il ne maugréait pas à tout propos. Sa main quittait le levier de vitesse pour venir se glisser sous sa jupe. Il savait si bien la caresser qu'elle fondait littéralement. La gorge sèche, les yeux clos, elle se laissait envahir par ce mélange de honte et de désir, tandis que les doigts de Joseph s'insinuaient entre ses cuisses d'abord réticentes puis largement ouvertes tellement c'était bon, jusqu'à ce qu'elle s'offre à lui sans aucune retenue.

Il aimait son embarras de jeune fille bien élevée autant qu'il aimait le plaisir qu'il lui procurait. Se remémorant ces instants magiques, elle sentit renaître le désir. Elle avait envie de lui, elle aurait voulu connaître à nouveau cette plénitude. Rien qu'une dernière fois.

Elle savait que cela ne se produirait pas. Il y avait longtemps que ses mains grimpaient sous d'autres jupes et faisaient jouir d'autres femmes. Le sel de ses larmes lui piquait les yeux. Elle ferma les paupières, ravalant sa rancœur.

Pourquoi ne lui suffisait-elle plus ? Pourquoi avait-il besoin d'aller voir ailleurs ?

Elle se mit à l'examiner objectivement. Il était beau. Toutes ses amies avaient été jalouses quand il l'avait choisie, elle. Quand elle lui avait mis « le grappin dessus », comme elles disaient. Elle n'avait pu s'empêcher de lui demander ce qu'il lui trouvait de plus qu'aux autres. Il avait éclaté de rire. Il riait facilement, en ce temps-là. Maintenant qu'elle y pensait, il riait encore très souvent, mais plus avec elle. Autrefois, ils s'amusaient des mêmes choses. À présent, il riait à ses dépens.

La réponse à sa question – « Qu'est-ce qui t'attire en moi ? » – avait été honnête : toutes les filles lui tombaient dans les bras, sauf elle. Il avait été surpris qu'elle ne saute pas de joie.

Il était cruel. Vraiment. Il n'aimait pas les femmes autant qu'il le prétendait.

À la naissance de Tom, il l'avait laissée à l'entrée de la maternité et s'était précipité pour faire laver la voiture. Elle avait perdu les eaux sur le siège avant et la pensée de la facture à payer l'avait rendu fou. Elle s'en souvenait comme si c'était hier. Ça l'avait choquée, cette réaction. Sa bagnole comptait plus à ses yeux que sa femme et leur premier enfant ! C'était lui tout craché.

Elle ne put s'empêcher de sourire en se rappelant sa mine épouvantée quand il était revenu quelques heures plus tard pour voir le crâne de leur fils émerger de son ventre. Il ne pouvait pas croire que son propre enfant puisse sortir d'un tel cloaque. Il avait l'air si épouvanté que même la sage-femme avait trouvé ça drôle.

Par la suite, évoquant l'heureux événement lors de dîners entre amis, il s'était attribué le beau rôle, évidemment. À l'entendre, c'était lui qui avait tout fait. Elle, la parturiente, se vit reléguée à l'arrière-plan. Il était comme ça, Joseph. Très sociable. Il avait cette espèce de charisme qui séduisait la galerie. Drôle et adorable aux yeux des autres, profondément égoïste dans l'intimité. Vrai boute-en-train avec les copains, rabat-joie et tyran à la maison.

Voilà que son mal de tête revenait. C'était son problème depuis toujours. Même gamine, elle vivait trop dans sa tête. Ses bulletins scolaires la décrivaient comme une enfant rêveuse et intelligente, retranchée dans son propre monde.

Elle observa les mains de son mari qui s'agitaient. Autrefois, elle les trouvait belles. Elle les avait aimées, comme elle l'avait aimé, lui. Ces mains-là lui avaient procuré tant de plaisir. D'avance elle frissonnait à l'idée qu'il allait bientôt les poser sur elle, à l'époque où il revenait à la maison chaque soir. Maintenant, d'autres femmes frémissaient en songeant à ses doigts, à sa bouche. Après l'amour, une autre qu'elle courait vers la salle de bains afin de masquer d'un peu de rouge ses lèvres meurtries par des baisers trop fougueux et emprisonner ses seins délicieusement douloureux dans un soutien-gorge aussi inconfortable que mal conçu.

Toutes ces armatures à dentelles qu'elle avait achetées et portées rien que pour lui ! Les bonnets étaient trop grands, à présent. Peut-être qu'elle devrait en faire cadeau à la nouvelle égérie de son mari. Après deux grossesses – elle avait allaité à chaque fois –, elle n'avait plus ses seins de jeune fille. Cela dit, elle était restée désirable. En tout cas, elle faisait tout pour, même s'il ne daignait plus la regarder.

La première fois qu'il l'avait emmenée à l'une de ces soirées bizarres, elle avait été étonnée par les femmes qui s'y trouvaient. Très en chair, et très déshabillées. Énormes mamelles et culs cellulitiques s'étalant sans aucune pudeur. Joseph avait eu l'air d'apprécier.

Le spectacle l'avait écœurée. Ces gens étaient physiquement repoussants. Et, surtout, complètement fêlés. Joseph n'était pas d'accord. Il les avait trouvés « libérés, en accord avec leur sexualité », selon ses propres termes.

Rien qu'une bande de connards exhibitionnistes, s'était-elle dit.

Néanmoins, elle l'avait suivi, avait assisté à d'autres soirées tout aussi minables. Elle s'efforçait d'être une bonne épouse – ou tout au moins de sauver son mariage. L'homme propose et dispose. La femme passe l'aspirateur.

Il était obsédé par le sexe, sous toutes ses formes. Notamment avec de parfaits étrangers. Sa dernière lubie : les jeux sado-maso. Elle se demanda si aujourd'hui ça l'amusait toujours autant, le coup des menottes.

De son côté, elle n'avait pas détesté son expérience avec une femme. Elle y avait déjà songé. Ça s'était passé en privé. Elle en avait eu assez de voir l'homme de sa vie vautré sur la moquette avec tout un tas d'inconnus. Elle s'était éclipsée au premier étage afin d'être un peu seule, tout bêtement. Et voilà que cette belle fille brune l'avait suivie.

Elle avait été surprise par la douceur de ces mains sur sa peau, de cette langue qui d'emblée avait su la faire gémir et la révéler à elle-même pour la première fois depuis des années.

Elle secoua la tête afin de chasser ce souvenir qui lui faisait honte.

C'était ce à quoi il l'avait réduite. Une femme solitaire et triste, qui avait succombé dès que quelqu'un avait fait preuve d'un peu de gentillesse et de tendresse. Sa partenaire lui avait parlé, l'avait écoutée, lui avait dit que seule une femme pouvait comprendre sa souffrance.

Elles s'étaient revues, par la suite. Joseph n'avait pas du tout apprécié. Selon lui, lors de ces soirées, on baisait. Point final. Ça devait rester anonyme.

Facile à dire. Vous emmenez les enfants à l'école, vous rencontrez les voisines, tout en sachant que votre mari les a niquées (ou vice versa), et après vous parlez de l'institutrice, vous échangez des recettes de cuisine et l'adresse du plombier ? Foutrement surréaliste, non ?

Elle avait tendance à utiliser des mots un peu osés, ces derniers temps. Dans sa tête, au début. Puis ouvertement. En fait, elle jurait comme un charretier, du matin au soir. Même sa mère s'en était rendu compte. Lèvres pincées, elle s'était insurgée contre un tel débordement linguistique de la part d'une enfant qui avait été si bien élevée et avait « tout pour être heureuse ».

Elle aurait bien aimé être une petite souris pour voir la tête de sa mère et des voisins quand le scandale éclaterait. On la blâmerait, évidemment. C'était toujours sur elle que ça retombait.

Même si elle avait envie de pleurer, elle s'abstint, bravement. Les larmes n'apportent rien. Et elle avait déjà largement donné, côté lacrymal.

La première fois que Joseph avait découché, elle avait pleuré comme une fontaine. Innocente et naïve, elle s'était fait un sang d'encre, l'avait imaginé mourant sur la chaussée, écrasé par un chauffard ou poignardé par un voyou.

Tu parles ! À son retour, au petit matin, il l'avait regardée avec mépris, comme une pauvre merde collée sous la semelle de sa chaussure. Il avait secoué la tête, tandis qu'elle sanglotait, indignée et meurtrie. Il avait ri, se moquant de ses yeux bouffis et de ses joues ravagées. Que croyait-elle donc ? Après trois ans de mariage, elle s'imaginait encore que son cher et tendre lui était fidèle ?

Était-ce à partir de ce matin-là qu'elle l'avait vu avec d'autres yeux ?

De nouveau, elle se tourna vers lui. Et, malgré elle, son pouls s'accéléra. Il était si beau au volant de la Mercedes. Profil parfait. Elle fut bien obligée d'admettre qu'il avait encore sur elle un étrange pouvoir. Elle avait toujours envie de lui, hélas.

Il parlait, mais elle ne l'écoutait pas vraiment. Il parlait des enfants. C'était nouveau, ça. Il s'intéressait à eux, à présent ? Un peu tard, cher ami ! Jusque-là, il avait toujours éludé la question ; ça l'ennuyait profondément. Et voilà qu'aujourd'hui, sans préavis, il s'inquiétait de leur avenir. Il tenait à les voir grandir, à faire d'eux des hommes !

Ses lèvres bougeaient, mais les mots qu'il prononçait n'avaient aucun sens pour elle, désormais. Seul le ton terrifié de sa voix l'atteignait. Il était mort de trouille et elle le sentait. Elle se délectait de sa peur. Avec le désespoir vient aussi le temps de non-retour, songea-t-elle, plus ou moins consciemment. Enfin, pour la première fois, elle avait capté son attention.

C'était si facile. Pourquoi ne l'avait-elle pas compris plus tôt ? Durant toutes ces années, il l'avait utilisée, humiliée, dégradée. Il lui avait fait deux enfants puis les avait aussitôt rayés de sa vie, comme elle.

Et maintenant, soudainement, il s'en préoccupait ?

Elle avait renoncé à tout – à commencer par elle-même – afin de sauver leur couple. En vain. Tout lui était retombé en pleine figure, alors qu'elle avait tout fait pour que ça marche.

Trop c'est trop, comme disait souvent sa mère.

Ras le bol.

Le policier jeta un œil à l'intérieur de la voiture et secoua la tête. Les deux petits garçons semblaient dormir, tout comme la femme. En fait, elle souriait. Comme si elle faisait un merveilleux rêve.

Le conducteur, en revanche, était en piteux état. Menotté au volant, il avait dû se débattre. Ses poignets étaient en sang. Il avait fini par faire éclater la vitre de la Mercedes à coups de boule. Son crâne n'était pas beau à voir. La vitre non plus. Pauvre mec, il n'avait pas dû se marrer avant de mourir. Y a des fois, mieux vaut ne pas lutter...

Le flic sortit du garage enfumé, prit une profonde inspiration et attendit le médecin légiste, les photographes, l'ambulance et toute la logistique.

Le temps était superbe. Une vraie belle journée d'été. Ciel d'azur, les oiseaux pépiaient, les abeilles butinaient. Les mouches aussi. Si la villa respirait le fric à plein nez, elle semblait néanmoins étrangement vide. Privée de ses habitants, elle paraissait regarder le monde d'un air coupable.

L'officier de police avait une bonne bouille. Il songea à sa femme et à ses gamins dans leur petit pavillon de banlieue. D'un seul coup, il eut envie de foncer vers eux, tout de suite, avec le gyrophare, afin de s'assurer qu'ils allaient bien.

Mais non. Il devait attendre l'arrivée de ses collègues.

Jessica Adams

On en voit de belles au bord de la mer

L'inspecteur Peter Warlow frappa doucement sur les rideaux en velours de Mme Romodo. Voyante de son état, elle tenait boutique sur les planches de Brighton, à peine moins célèbres que celles de Deauville.

— Pas la peine de frapper, dit-elle. Primo, ça ne résonne pas tellement bien sur le velours. Secundo, ce n'est pas la peine de vous annoncer, beau brun. Je suis voyante, ne l'oubliez pas.

Warlow ne put s'empêcher de sourire et pénétra dans l'antre. Il fut immédiatement pris d'assaut par une créature blanche toute de poils vêtue, qui vint se frotter contre les jambes de son pantalon.

— Il s'appelle Robbie, l'informa Mme Romodo. Pur persan. Vous avez de la chance, d'habitude, il est plutôt méfiant. Quand il adopte les gens d'emblée, c'est bon signe. Ça veut dire que, vous et moi, on va bientôt coucher ensemble.

— Robbie ? dit l'inspecteur Warlow, secrètement flatté.

— Oui, en hommage à Robbie Williams. Enfin, à ses débuts. Parce que, pour la suite, je suis moins fan.

— Ah bon ? fit Warlow, un peu gêné.

Il n'avait pas la moindre idée de qui était Robbie Williams. Il s'assit et attendit poliment.

Mme Romodo s'assit en face de lui et étala ses cartes de tarot sur le guéridon.

— Bon, alors que cherchons-nous aujourd'hui ? Ah, je vois. Si c'est pour une glace à la myrtille, je vous conseille le petit marchand à gauche en sortant, à cent mètres à peine. Vous ne pouvez pas le rater. Dites-lui que vous venez de ma part, il vous fera un prix.

— Non, je ne plaisante pas, madame Romodo. On a un meurtre sur les bras.

— Oui, je suis au courant. Et arrêtez d'ouvrir des mirettes rondes comme des tranches de concombre. Je l'ai lu dans le journal, comme tout le monde.

Elle remonta la bretelle gauche de son soutien-gorge. Elle arborait un truc qui aurait pu servir de nappe, par-dessus un maillot de bain très échancré. L'ensemble était inhabituel, quoique pas vilain.

— Écoute, mon gars, je te donne toujours un coup de main, mais...

Elle se pencha et prit Robbie dans ses bras, lequel en profita pour laisser un kilo de poils sur la « robe » de sa maîtresse. Peter Warlow comprit alors pourquoi Mme Romodo s'habillait ainsi. Ce n'était pas une histoire de secte mais de poils de chat. D'ici quelques heures, elle aurait un manteau de fourrure.

— Je comprends, dit-il. Mais le job est à vous, si jamais vous changiez d'avis.

— J'ai pas la pointure, mon grand. Attends, ne pars pas comme ça... Je vois quelque chose. Des camions de déménageurs, avec plein de fauteuils d'époque, et une lampe en forme de flamant rose...

Soudain très intéressé, Peter Warlow rapprocha sa chaise.

— Graham Shirley et Angus Hunter. Ils viennent d'acheter une villa sur Millionaire's Row. Et tout le mobilier vient de chez Harrods.

— Très « in », commenta Mme Romodo.

— Un gentil petit couple. Angus appartient à l'une des plus grandes familles d'Australie. Des ranches, des milliers d'hectares. Graham l'a rencontré à Sydney, lors de la Gay-Pride.

— Angus portait un short en satin rose et des bas résille, précisa Mme Romodo.

— Bingo !

— Angus est timide. Je le vois comme un garçon extrêmement séduisant, mais peu bavard. Je vois aussi beaucoup d'argent.

— Oui. C'est lui qui a acheté la maison.

— Les voisins ne les apprécient pas énormément, conclut Mme Romodo en caressant son chat d'un air pensif.

— Exact. Vous voulez que je vous raconte la suite ?

— Je vous en prie. Et, si ça ne vous ennuie pas, mettez donc la bouilloire sur le feu. Vous prendrez bien une petite tasse de thé ?

Warlow mit l'eau à chauffer et poursuivit :

— Graham est un petit gars d'ici. Alors, quand ils ont vu cette superbe villa qu'il venait d'acheter, et le camion de chez Harrods, ils ont été un peu jaloux. Très vite, la rumeur a circulé. En vérité, bien avant de rencontrer Angus et de virer sa cuti, il était hétérosexuel.

— Donc, je suppose que plus d'une bonne âme s'est empressée de mettre Angus au parfum, dit Mme Romodo.

— Bien vu.

— Et, bien sûr, ces chers voisins ont prétendu que c'était pour son bien.

— Tout à fait. Il faut dire que les fiançailles de Graham Shirley avec une jeune fille du coin sont restées gravées dans les mémoires. Ou disons plutôt que leur rupture, au dernier moment, en a fait jaser plus d'un.

— Peut-on savoir qui vous a donné toutes ces informations ? demanda la voyante en fronçant les sourcils. Je vois quelqu'un du signe des Gémeaux. Il est né en juin, n'est-ce pas ?

— Je ne connais pas sa date de naissance, avoua l'inspecteur Warlow.

— Mais il est gay, et il est de Brighton, lui aussi.

— Eh bien, je n'ai pas vraiment le droit de parler de cette affaire mais puisque vous le savez déjà... Neil Pascoe est propriétaire de l'*Oscar Wilde*, le pub situé juste derrière la marina.

— Il fréquente aussi la plage des nudistes, ajouta Mme Romodo. Je vois un corps intégralement bronzé.

— En fait, confirma l'inspecteur, c'est comme ça que Neil Pascoe et Angus Hunter se sont rencontrés. Angus avait le mal du pays, la nostalgie des plages de Sydney, alors il allait souvent se réfugier là-bas. Et, de fil en aiguille, il a fait la connaissance de Neil.

— Neil sait écouter, dit Mme Romodo. C'est le genre d'individu capable d'empathie. Il craignait qu'Angus ne prenne au sérieux les ragots qui circulaient à propos du passé de Graham.

— Mais ça ne s'est pas arrêté là, renchérit Warlow. Les gens sont devenus franchement médisants, notamment lors de la fête qu'a donnée Graham, pour la pendaison de crémaillère.

Le chat persan, jusqu'à présent sagement lové sur les genoux de sa maîtresse, sauta à terre et faillit renverser sur le tapis la tasse de thé au citron.

— Bien sûr, tous les voisins sont venus, continua l'inspecteur. Graham et Angus avaient mis les petits plats dans les grands, ce fut une belle réception. Jusqu'au moment où ça s'est gâté.

— À cause d'un homme étrange, dit Mme Romodo, songeuse. Un peu effrayant.

— Exactement ! Lang Jeffreys. Fiché chez nous depuis 1979, principalement parce qu'il rôdait un peu trop souvent du côté de la plage des nudistes, sans qu'on ait quoi que ce soit de précis à lui reprocher. D'un autre côté, il y avait ces coups de fil que recevaient les gays à toute heure du jour et de la nuit, et les lettres anonymes adressées à la presse locale...

— Cas typique d'homosexualité refoulée. Inutile d'être voyante pour poser le diagnostic.

— Toujours est-il que Lang Jeffreys a fait irruption dans la villa au beau milieu de la fête et a menacé Graham et Angus. Il a accusé Graham d'être un pervers et il a craché sur Angus. En plus, il était venu avec son rottweiler. Angus était littéralement bouleversé, plus encore que Graham.

Mme Romodo sirota une gorgée de thé.

— Et j'imagine que ce Jeffreys lui a dit de retourner d'où il venait, d'aller se faire voir en Australie ?

— Exactement. Il a ajouté que ça faisait un bout de temps qu'il les observait sur « Sida Beach », avec ses jumelles.

— Évidemment.

— Et que les pervers comme eux étaient la honte de Brighton, une véritable gangrène qui faisait baisser les prix de l'immobilier.

— Sans compter qu'il a craché sur Angus.

— Oui, sauf que cela n'a jamais figuré sur le rapport. Graham ne voulait pas de scandale, voyez-vous.

L'inspecteur Peter Warlow marqua une pause, se laissa aller contre le dossier de sa chaise, puis reprit :

— Après cette fameuse réception, Lang Jeffreys s'est livré à un harcèlement en bonne et due forme. Angus était sa bête noire. Chaque fois que le pauvre garçon allait faire son jogging, Lang le suivait. Quand il allait nager, Lang était sur la plage et l'observait. Angus a fini par craquer. Déjà qu'il avait du mal à s'adapter à la vie à Brighton, pour ne pas dire en Angleterre, avec les voisins pas très sympathiques et tout le reste. Alors en plus, voilà que ce taré lui file le train avec son rottweiler... Vous imaginez l'angoisse ? Un jour, ce qui devait arriver arriva. Il a pété les plombs.

Mme Romodo se pencha pour hausser la flamme sous la bouilloire. Elle avait envie d'une autre tasse de thé.

— Angus a décidé de porter plainte, expliqua l'inspecteur. Il fallait dénoncer ce fou à la police. Parce que ça leur bousillait la vie à tous les deux.

— Angus est du genre passionné qui s'ignore, dit Mme Romodo. Balance ascendant Poisson. Romantique, sensible, émotif.

— Ascendant crevette ou tout ce que vous voudrez, en tout cas, il était furieux.

— Mais Graham a tout arrangé, n'est-ce pas ? Sans avoir recours à la police ?

— Oui, c'est vrai. Graham a proposé de racheter tout ce que possédait Lang Jeffreys dans la région. Ils en avaient les moyens – enfin, surtout Angus. Du coup, cet enfoiré de Lang serait obligé d'aller s'installer ailleurs et le problème serait réglé.

— Jeffreys a accepté le deal ?

— Évidemment ! À ce prix-là, il aurait fallu être fou pour refuser !

— Oui, mais il y a eu un petit problème à propos des perruches de Neil Pascoe, n'est-ce pas ? Empoisonnement ?

L'inspecteur Warlow en resta coi. Certes, il n'avait jamais douté des dons de voyance de Mme Romodo, mais de là à jouer les vétérinaires et à deviner les problèmes digestifs d'une paire de volatiles... C'était bluffant.

— Il gardait ces bestioles dans une cage derrière le comptoir, reprit Mme Romodo. Elles faisaient partie du décor de l'*Oscar Wilde*. Et puis, un soir, un client leur a lancé quelques cacahuètes.

— Et, quand il a vu ses perruches les pattes en l'air, Neil a paniqué. Il n'était pas en état de conduire, alors...

— Alors il a demandé à Graham et à Angus de les emmener chez le vétérinaire, lui et ses oiseaux.

— Oui. C'est exactement ce qui s'est passé, admit Warlow, très impressionné.

— Et ça offrait une chance à Graham de renouer avec son passé, fit observer Mme Romodo. Parce que la jeune fille qui autrefois avait été fiancée avec Graham Shirley avait fini par épouser le vétérinaire, n'est-ce pas ?

L'inspecteur sourit. Il avait la vague impression qu'il n'allait pas sortir bredouille de l'officine de Mme Romodo. Elle avait l'air en forme.

— Je vois quelque chose, dans la salle d'opération du vétérinaire, reprit-elle en prenant tout son temps. Il y a un petit écran de télévision dans la salle d'attente, et des exemplaires du *Reader's Digest* sur la table basse. Je vois Neil qui tient la cage de ses perruches à hauteur de visage et qui leur parle. Il les appelle par leurs noms. Voyons... Mickey et Moya ?

— Mickey et Minnie, rectifia l'inspecteur Warlow, une fois de plus étonné par les dons exceptionnels de Mme Romodo.

— Angus et Graham sont assis près de Neil et tentent de le calmer. Et le vétérinaire entre dans la pièce. Grand, roux. Derrière lui arrive sa femme. Jolie, cheveux blonds coupés court. Elle porte des lunettes.

— Exact.

— Ça aurait pu être embarrassant, enchaîna Mme Romodo, mais non, tout se passe très bien. L'épouse du vétérinaire, ex-fiancée de Graham, échange avec lui deux ou trois plaisanteries, ce qui surprend tout le monde.

— Ça détend l'atmosphère, approuva l'inspecteur.

— Du coup, Angus se sent beaucoup moins angoissé. Oui,

je vois son visage. Le pauvre. Ces histoires sans fin avec les voisins l'ont terriblement éprouvé...

La bouilloire se mit à siffler et Mme Romodo se leva pour leur servir deux autres tasses de thé au citron. Seuls son visage et ses bras étaient bronzés, nota l'inspecteur. Néanmoins, même blanches et compte tenu de leur âge, ses jambes comptaient sans doute parmi les mieux galbées de tout Brighton.

— Vous êtes en train de lorgner mes jambes, dit-elle sans se retourner.

Puis elle posa une tasse de thé fumant devant Warlow et le fixa :

— Allez, ne soyez pas timide ! Vous avez envie de coucher avec moi, n'est-ce pas ?

— Euh... si on en revenait au crime, dit-il très vite, avant qu'elle ne profite davantage de ses dons de voyance.

— Oui, ce fut tellement triste, dit-elle, les yeux dans le vague. Le lendemain de leur visite chez le vétérinaire, Angus s'est noyé. Et même pas à la plage des nudistes, figurez-vous. Non. Dans un endroit où il n'allait jamais. Près de Hove, où tout le monde sait que les courants sont dangereux. En plus, ce soir-là, la tempête faisait rage. Personne n'aurait eu l'idée d'aller se baigner. Trois gamines l'ont vu se disputer avec quelqu'un, mais on n'a jamais rien pu prouver. Ce fut la dernière tentative de harcèlement de la part de Lang, avant qu'il ne vende ses terres et ne quitte définitivement Brighton. D'après les gamines, il a lâché son rottweiler et Angus a pris peur, a couru vers la mer, a nagé vers le large, loin, toujours plus loin, totalement paniqué.

Peter Warlow revit les photos d'Angus, quand on l'avait repêché. Ce n'était pas joli à voir.

— Les gens sensibles et gentils comme Angus refusent la confrontation, fit remarquer Mme Romodo. Quand Graham Shirley est enfin arrivé sur la plage – il était allé acheter des cigarettes pour eux deux –, il a vu Angus qui se noyait, à un kilomètre du rivage.

— Et s'est précipité dans l'eau, dit Warlow.

— Bien sûr. Il l'a même pris dans ses bras pour le ramener sur la terre ferme. Les natifs du Taureau feraient n'importe quoi pour de l'argent.

— Les taureaux, ce sont les gens nés en avril ou mai, n'est-ce pas ? Graham Shirley est né le 13 mai.

— Je parie qu'il figure en première place sur le testament d'Angus. Du genre légataire universel.

— Eh bien... oui, en effet.

— Or, même après que Lang eut « légalement » touché sa part, et si l'on oublie les pots-de-vin, il restait pas mal de zéros sur les comptes numérotés du jeune Angus.

— Des pots-de-vin ? s'insurgea Warlow, profondément choqué.

— Écoutez, inspecteur, reprit Mme Romodo, ça me fait de la peine de vous le dire mais, très franchement, en tant que flic, vous n'êtes pas une flèche. Ce que je vois, moi, c'est que Graham devait arroser Lang pour qu'il continue le harcèlement. Afin de brouiller les pistes. Pigé ? Non, visiblement, vous ne comprenez toujours pas. Comment faut-il vous l'expliquer ? Graham ne voulait pas qu'on remonte jusqu'à lui. Le coup du chien pour éliminer Angus, c'était risqué, mais ça a marché, finalement. Chapeau. Je n'aurais pas fait mieux.

— On ne peut pas manigancer un meurtre en misant sur les intempéries ! protesta Warlow. Avec une mer d'huile, Angus s'en serait tiré. C'était un excellent nageur.

— Oui, et c'est bien pourquoi Graham couchait avec la femme du vétérinaire, depuis quelque temps.

— Alors les voisins avaient raison ? Les rumeurs étaient fondées ?

— Bien sûr. Les gens appréciaient beaucoup Angus, mais pas au point de lui dire la vérité. En fait, tout Brighton savait que Graham était bi. Mercure en Gémeaux et Uranus en Balance... Allez lutter contre une telle configuration astrale ! En outre, pour se procurer la drogue, c'était du gâteau, compte tenu de ses relations avec la femme du vétérinaire. Un produit miracle. Ça vous endort un cheval en trente secondes, alors un homme...

— La kétamine ? Oui, dit l'inspecteur Warlow, passablement abattu.

— Quand Graham a nagé pour se porter au secours d'Angus, il avait la dose toute prête, dans la seringue, le tout dans une pochette étanche attachée à sa ceinture. Elle a dû dériver du côté de Rottingdean. Avec les chiens et vos équipes spécialisées, vous devriez la trouver en moins de vingt-quatre heures.

— Sans les aveux de Lang Jeffreys, dit Warlow, découragé, il est impossible de les coincer. Or il a disparu.

— Il est à Weymouth, dit Mme Romodo. Mais il ne va pas y rester longtemps.

— Weymouth ? Comment le savez-vous ? Vous n'auriez pas son adresse, par hasard ?

Mme Romodo se contenta de sourire.

— De toute façon, le filet se resserre autour de Neil Pascoe, dit l'inspecteur, histoire de redorer son blason.

— Là, c'est autre chose, murmura Mme Romodo. Savez-vous ce qu'est l'amour, inspecteur ? Graham était fou de Neil depuis des années.

— Et il attendait son heure ?

— Sans doute. Il devait aussi penser qu'avec ce pauvre Angus hors circuit, la voie serait enfin libre.

Peter Warlow s'étira, étendit ses jambes. Il avait presque oublié qu'il était venu consulter une voyante, dans le cadre d'une enquête parfaitement officielle.

— Vous savez, dit-il, le rapport du médecin légiste m'a toujours paru un peu léger.

— Ne le blâmez pas, ce n'est pas sa faute. N'importe lequel de ses collègues aurait conclu à une mort par noyade.

Warlow fit la grimace tandis que Robbie venait se frotter une fois de plus sur la jambe de son pantalon.

— Nous n'allons pas faire l'amour cette fois-ci, déclara Mme Romodo en rangeant ses cartes de tarot. C'est encore trop tôt.

Il n'y connaissait rien et n'y croyait pas, mais ne put s'empêcher de noter que sur la dernière carte figuraient un homme et une femme enlacés. L'image était très belle.

— Je veux en savoir plus, dit-il.

— Jeune homme, il est temps de payer, trancha-t-elle en lui tendant un coffret qui, de toute évidence, faisait office de tiroir-caisse. Ensuite, nous verrons. Et le thé est gratuit. Enfin, pour cette fois.

Lauren Henderson

Télé-réalité

J'ai toujours su que ce serait un désastre. Je me demande encore pourquoi je fus la seule à l'avoir pressenti. On était pourtant nombreux à bosser sur ce projet. Mais ils étaient tous tellement hypnotisés par les stars qui avaient accepté d'y participer, par l'originalité du concept, par le charisme du metteur en scène. Même le producteur y croyait et leur faisait miroiter l'audimat du siècle. Sacrée carotte brandie sous les naseaux de cette bande de mules...

Il ne leur était pas venu à l'idée que, si c'était aussi génial, quelqu'un d'autre l'aurait fait avant eux ? J'avais envie de leur crier qu'ils fonçaient droit dans le mur. Ils ne m'auraient pas écoutée, de toute façon. Ils auraient pensé que j'étais jalouse. Ils étaient tous tellement dingues de Jillian et de son *Jillian Jackson Show*. En plus, je n'avais pas besoin d'ouvrir le parapluie. Je n'étais rien, juste une petite souris industrieuse.

J'étais stagiaire à la régie. Je voyais défiler toutes ces images, j'étais libre de me les repasser au ralenti ou en accéléré. C'était jouissif, quelque part.

— Eh bien, elle n'en avait pas seulement après moi, dit Phèdre. Elle haïssait toute ma famille. Elle s'est débrouillée pour que ma mère tombe amoureuse d'un taureau. Pas seulement Zeus sous les traits d'un bovin. Non, un vrai taureau. Vous imaginez la honte ? Et puis elle est tombée enceinte. Et, avant même qu'on ait le temps de comprendre ce qui se passait, on avait un demi-frère. Un Minotaure avec des cornes et une queue. Dégoûtant. Je n'ai jamais compris pourquoi mon père ne l'avait pas éliminé à la naissance.

La pauvre Phèdre marqua une pause, au cas où Jillian

aurait souhaité intervenir, poser une ou deux questions au nom des téléspectateurs qui n'arrêtaient pas d'envoyer des SMS. En fait, elle ne savait pas quoi dire. Les mains crispées sur les accoudoirs de son fauteuil, elle faisait mine de sourire, mais son visage était figé en une sorte de rictus.

— Cela dit, ce taureau était séduisant, poursuivit Phèdre, et c'était bien là le problème. En tout cas, c'est ce que prétendait ma mère. Moi, j'étais trop jeune pour faire la différence entre un beau taureau et un malheureux bœuf. Je l'ai aperçu deux ou trois fois, dans le champ, derrière la maison. Il était blanc, et gigantesque. Je suppose qu'il était beau, si on aime ces bêtes-là. Mais je n'étais pas objective. Aucune gamine n'apprécie l'amant de sa propre mère, n'est-ce pas ? Je veux dire, en débarquant dans notre vie, il avait foutu notre famille en l'air. Mon père était furieux, lui aussi, parce qu'il n'avait pas su empêcher cette histoire. Peut-être même qu'il était responsable de tout ce gâchis.

Elle se tourna vers Jillian :

— Voyez-vous, ce taureau, Poséidon l'avait donné à mon père pour qu'il le sacrifie. Or il n'a pas pu se résoudre à le tuer. C'était une trop belle bête. Et puis ma mère a craqué, elle a eu une aventure avec lui. Avec le taureau, je veux dire. Je suppose que tous les psys des États-Unis feraient leurs choux gras de cette histoire, non ?

Médée, assise à côté d'elle, émit une sorte de ricanement, éliminant d'un coup Freud, Jung, Lacan et toute la clique des professionnels du divan. J'étais désolée pour Jillian et contente en même temps, parce qu'elle allait enfin s'apercevoir qu'elle ne pouvait pas s'en tirer aussi facilement. Elle ne pouvait pas rester tranquillement assise à torturer les gens pendant que, sous couvert de culture, ils déballaient leurs minables petites histoires de famille devant une caméra. C'était le concept de l'émission. *Votre père a abusé de vous ? Ça ne date pas d'hier. Vous avez rêvé de tuer votre mère ? Vous n'êtes pas le premier. Venez témoigner, nous avons besoin de vous... Nous vous prouverons que vous n'êtes que la réincarnation des héros de la Grèce antique. Votre histoire nous intéresse parce que l'Histoire est celle de l'Humanité ; un éternel recommencement.*

Jillian sourit à la caméra et poursuivit d'une voix chevrotante :

— Mais dites-nous, Phèdre, *qui* a maudit votre famille ? Nos téléspectateurs attendent votre réponse avec impatience.

Phèdre la regarda, incrédule :

— Aphrodite, bien sûr, dit-elle, comme si elle s'adressait à une gamine mentalement attardée. Elle nous a jeté un sort. Elle nous a condamnés à tomber amoureux de gens qui ne nous convenaient pas. D'un taureau, en ce qui concerne ma mère. Et puis il y a eu ma sœur, Ariane. Son hobby, c'était le tricot. La pauvre ! Abandonnée sur une île au milieu de nulle part. Après tout ce qu'elle avait fait pour lui, vous croyez que mon père aurait levé le petit doigt ? Quand même, c'est grâce à elle qu'il a terrassé le Minotaure ! Eh bien non, pas un mot, pas un « merci » ! Ça nous a pourtant bien soulagés d'être débarrassés de cette créature.

Jillian sourit à l'objectif, pencha la tête de côté. Je connais cette expression : le prompteur venait de la laisser en rade et elle tentait de se rappeler ses notes. Moi, je prenais mon pied. J'avais bien bossé sur ce dossier. Ce n'était pas vraiment ma faute, si la technique ne suivait pas. Enfin, pas *totalement* ma faute. Et, après tout, qu'est-ce qu'on fout sur un plateau de télé quand on n'est pas fichu d'improviser trois ou quatre phrases ? Bon, d'accord, en l'occurrence, cette fois-là, c'était moins fastoche que lors des autres émissions que présentait Jillian, du genre « Mon mari couche avec le frère de la baby-sitter du petit-fils de ma belle-sœur » ou « Le petit ami de ma grand-mère est plus jeune que moi et mon mec a deux fois l'âge de mon père », et c'est mon choix ! C'est ainsi que Jillian gagnait sa vie, sans vergogne. Ça faisait un tabac, allez savoir pourquoi.

— Donc, reprit Jillian, cette malédiction a fait que vous êtes tombée amoureuse de votre beau-fils ? Mais vous regrettez ce qui s'est passé, n'est-ce pas ?

Elle avait repris ses marques. Elle sourit à la caméra, attendit l'approbation du public, comptant sur le chauffeur de salle qui, très pro, allait provoquer un tonnerre d'applaudissements. Elle jouait sur le velours de la morale judéochrétienne, fermement enracinée. On ne couche pas avec le frère de la baby-sitter ni avec une femme aussi âgée que sa grand-mère. C'était non seulement interdit par la Bible mais pas tellement recommandé non plus d'après le Coran ou la Torah. En tout cas, formellement déconseillé par Darwin.

Ce soir-là, manque de bol, les invités n'avaient pas envie de se sentir coupables. Et le public le perçut d'emblée. Moi aussi. À la régie, je surveillais tous les écrans. Pas un sourire. Les gens ne marchaient pas dans la combine.

— Oui, c'est vrai, poursuivit Phèdre. Aphrodite avait une dent contre lui. Contre mon beau-fils, je veux dire. Hippolyte. Il était puceau, voyez-vous. Du signe de la vierge, adorateur d'Artémis, s'empressa-t-elle d'ajouter, voyant la gêne de Jillian qui n'était pas très férue en matière de mythologie. Et Aphrodite était jalouse. Il faut dire qu'il était beau comme un dieu. Un superbe athlète, avec les tablettes de chocolat, et tout. Et Aphrodite a piqué sa crise parce qu'il ne s'est pas du tout intéressé à elle. L'amour, ça ne se commande pas, dit-elle, fataliste. En guise de vengeance, elle m'a fait tomber amoureuse de lui.

— Elle aurait pu faire le contraire, suggéra Jillian. Elle aurait pu se débrouiller pour qu'il devienne raide dingue de vous.

Phèdre resta figée, une main en l'air. Elle était extraordinaire. Comme ces actrices qui refusent la chirurgie esthétique, revendiquent leurs rides et cessent d'être jolies pour devenir tragiquement belles. Les yeux soulignés de noir, les cheveux auburn, telle une cascade décadente, un peu ridicule, piètre pied de nez aux années passées... Ses lèvres étaient un peu moins charnues qu'autrefois et son sourire incurvé vers le bas.

— Oui, c'est vrai, admit-elle. Peut-être que pour moi ça se serait mieux terminé. Mais au fond, non. Parce qu'il s'était amouraché de cette petite dinde. Entre lui et moi, c'était foutu d'avance.

— Je saisis, commenta Jillian, soudain ragaillardie. Qu'en pensez-vous, chers téléspectateurs ? Je vous rappelle que nous sommes en direct et que cette émission est la vôtre. Croyez-vous en la « malédiction d'Aphrodite » ? Si c'est le cas, tapez 1. Sinon, tapez 2. La question est simple. Peut-on séduire une personne déjà amoureuse d'une autre ? Je vous rappelle le numéro affiché à l'écran. Nous comptons sur vous...

— Non ! protesta Phèdre. Ça ne marche pas comme ça ! L'amour est plus puissant que n'importe quoi au monde. Pas même les dieux ne peuvent s'y opposer ! Qu'est-ce que vous racontez ? Votre émission doit montrer aux gens que l'amour est plus fort que tout, non ?

Là, je dois dire que j'en ai eu mal au ventre tellement j'avais envie de rire. J'ai survolé les écrans de contrôle, le public hochait gravement la tête. Ils tiraient tous des tronches d'enterrement, on n'aurait jamais dit qu'ils étaient payés pour faire la claque ! Le chauffeur de salle s'arrachait les cheveux, se voyait déjà en train de défiler dans les rues avec ses potes intermittents du spectacle. Le pire était ce silence. Aucune insulte. Jillian était une pro, elle aurait pu gérer l'intrusion d'une bande d'illuminés sur le plateau. Mais, là, rien. Aucune réaction. Et, pire que tout, rien dans l'oreillette.

Phèdre et Médée, inconscientes du drame qui se jouait en direct, restèrent sagement assises sur leurs fauteuils respectifs, attendant la prochaine question.

Jillian croisa les jambes, sourit jusqu'aux oreilles et se tourna vers Médée. Avec son petit caraco rose, ses hauts talons et ses cheveux trop blonds, Jillian avait l'air d'une poupée Barbie des années 1980. En comparaison, Phèdre et Médée ressemblaient à de vraies femmes, avec de vraies pattes d'oie et des joues un peu flétries, et des dizaines d'années de souffrance au fond des prunelles. Des siècles, en vérité. Phèdre était belle, à sa manière. Belle comme les femmes attablées dans un café parisien et qui connaissent la vie mieux que quiconque. Belle comme l'intelligence et la sagesse. De celles qui ont su revendiquer leur liberté. Médée, de son côté, était au-delà de la beauté. On ne remarquait que ses yeux. Deux gouffres insondables, deux puits où l'on désirait se noyer pour oublier la vie. Fatiguée de tout, elle demeurait fascinante et m'eût entraînée n'importe où.

— Vous êtes d'accord avec nous, Médée ? insista Jillian. Au fond, tout ce que vous avez fait, c'était au nom de l'amour, n'est-ce pas ?

C'était à la fois atroce et vrai. Dans cette émission banale à pleurer, Jillian parvenait tout de même à mettre pile poil le doigt sur le fond de la question.

Médée cligna des yeux, comme les suspects devant le flash quand le FBI leur tire le portrait.

— Oui, bien sûr.

Sa voix était rauque, comme celle des gens qui fument trop ou n'ont pas parlé depuis longtemps.

Jillian jeta un coup d'œil à ses notes et se tourna vers la caméra :

— Chère Médée, j'ai ici une liste de vos principales... euh... activités. Sachez-le, il est important que nos téléspectateurs vous connaissent un peu mieux. Donc, vous êtes tombée amoureuse de Jason quand il est arrivé au royaume de votre père. Ensuite, vous l'avez aidé à échapper au complot fomenté par votre père, n'est-ce pas ? Et puis vous avez fui, tous les deux. Et, quand il a cherché à vous rattraper, vous avez tué votre propre frère. Enfin, c'est un euphémisme. En vérité, vous l'avez découpé en petits morceaux que vous avez jetés à la mer pour que votre père perde du temps à les ramasser les uns après les autres. Ainsi, le bateau de Jason, votre amant, avait le temps de s'éloigner. Vrai, ou faux ?

Le public retint son souffle. Oui, je devais bien l'admettre : Jillian était une vraie pro. Médée, de son côté, n'était pas mal non plus. Elle se contenta de hocher la tête.

— J'aimerais qu'on parle de cet épisode, dit Jillian. Ça fait quoi, de découper son frère en morceaux ?

Médée haussa les épaules :

— Il fallait qu'on s'en sorte. Mon père nous aurait tous tués, de toute façon. Et puis j'ai jamais pu le sentir.

— Votre frère ?

— Oui.

Jillian se pencha vers son invitée, sourire compatissant, voix soudain très douce, façon Mireille Dumas.

— Est-ce que votre frère... Pardonnez-moi, Médée, je ne voudrais pas me montrer indiscrète, mais... votre frère s'est-il parfois montré un peu... un peu trop... proche ?

Flop total. Aucune réaction.

Jillian revint à la charge, posa une main blanche et manucurée sur le genou de Médée.

— Votre frère et vous ?

Médée repoussa la main avec dégoût.

— Je me permets d'insister, Médée. N'ayez pas honte. Nous pouvons tout comprendre. A-t-il essayé de... Enfin, je veux dire, vous a-t-il touchée ? Voulait-il...

— Mon frère n'a rien fait, répliqua calmement Médée. C'est moi qui lui ai jeté un sort, et moi seule. Circé l'aurait pu, elle aussi, mais elle n'a jamais quitté son île. Franchement, vous croyez que n'importe quel pauvre mec aurait pu m'agresser sans y laisser ses plumes et le reste ? J'étais une sorcière, ne l'oubliez pas !

En bonne professionnelle, je voyais le boulot qu'on allait se coltiner au montage ! Il faudrait d'abord virer les bourdes de Jillian. Et puis toutes ces histoires de violence, de sexe et de bestialité. On passait à l'antenne avant vingt heures, alors fallait faire gaffe à la censure. Cette histoire de fornication avec un taureau ne passerait jamais. La pêche à la mouche, d'accord, mais la zoophilie, non, pas question, quelle que soit l'heure d'écoute.

— Malgré tout, vous n'avez pu résister au charme de Jason ? insista Jillian, sans grande conviction. La malédiction d'Aphrodite fut la plus forte, n'est-ce pas ?

— Elle a ordonné à Cupidon de tirer sa flèche sur moi, dit Médée. Jason avait besoin de mon aide. Sans moi, mon père l'aurait tué. Voilà pourquoi Aphrodite voulait s'assurer que je serais de son côté.

— Pourquoi ?

— Oh, c'était le mec le plus craquant que j'aie jamais rencontré. C'était un héros, et beau comme un dieu. Je comprends qu'elle n'ait pas voulu qu'il meure. Elle n'avait même pas besoin de s'embêter avec cette histoire de flèche. Toutes les filles étaient folles de lui. J'aurais sacrifié ma vie pour lui et je n'étais pas la seule.

Sa voix tremblait chaque fois qu'elle mentionnait le nom de son époux, en dépit de ce qui les avait séparés par la suite.

— Jason était un héros, répéta-t-elle. Personne ne peut imaginer quel courage il lui a fallu pour affronter les deux taureaux furieux que mon père avait mis en face de lui. Du feu sortait de leurs naseaux et mon Jason les a maîtrisés, l'un après l'autre. Ils ont courbé l'échine, ont accepté le joug. Il avait gagné ! Désormais nous étions invincibles, lui et moi !

— Alors vous avez vécu heureux durant de longues années, enchaîna Jillian, visiblement soulagée. Vous vous aimiez, vous avez eu deux fils, et tout fut pour le mieux dans le meilleur des mondes...

Ben, l'assistant du producteur, s'approcha de moi, un gobelet de café à la main. Je pensais qu'il allait passer son chemin, mais il s'arrêta. Il ne voulait pas rater la fin de la scène. Moi, très franchement, j'en avais rien à cirer, Jillian était tout sauf imprévisible. Comme d'hab', je la devançai, mot pour mot, geste pour geste : *Et puis...* (tête penchée du côté gauche, paumes vers le haut) *et puis, c'est là que les choses ont mal tourné, n'est-ce pas ?*

Derrière moi, Ben éclata de rire, tellement mon imitation était bonne. J'en rougis de plaisir.

— Il vous a annoncé qu'il vous quittait parce qu'il était tombé amoureux d'une autre femme, conclut Jillian.

— Et je l'ai tuée, acquiesça Médée, plutôt satisfaite d'elle-même. Ensuite j'ai tué son père. Il avait tout vu, je n'avais pas le choix. Il a souffert, lui aussi.

C'était atroce, bien sûr, mais je ne pus m'empêcher de rire intérieurement en voyant l'expression d'horreur à l'état pur qui se peignit sur le visage de Jillian. Ben posa son gobelet de café n'importe où et râla, comme d'hab'. Enfin, un peu plus que d'habitude :

— Bordel, y en a marre ! Jillian en fait un peu trop. Elle a lu tes notes, oui ou merde ? Au fait, bravo. Super. Continue comme ça.

— Ben, euh... merci !

Je n'étais que stagiaire. Je n'étais pas habituée aux compliments. Alors, les recevoir avec élégance... Le scoop ! J'avais potassé un bouquin : *Comment s'en sortir à partir de rien.* En dessous, en plus petit, y avait le sous-titre : ... *en passant par l'entrée de service.* C'était tout moi, sauf que j'avais fermement l'intention de brûler les étapes. Et voilà que Ben me balançait la petite phrase que j'attendais depuis toujours ! Waouh ! Il m'intimidait parce que je l'admirais, parce qu'il était exactement ce que je rêvais d'être : cool, drôle, quelqu'un que tout le monde aime.

— Non, franchement, qu'est-ce qui lui prend, à Jill ? s'étonna Ben. On veut du show, d'accord, mais faudrait tout de même pas exagérer. C'est nul, là.

— Bof, peut-être qu'elle a eu des consignes.

— Ouais, t'as raison. Je parie qu'il y a du Dennis là-dessous.

Dennis était le producteur exécutif. En d'autres termes, le monsieur qui n'a pas les sous, mais décide de la façon dont on doit les dépenser. Extrêmement important, le prod-ex. Depuis l'arrivée de Dennis, deux ans plus tôt, l'émission avait grimpé en flèche sur l'échelle de l'audimat. « Le public veut de la bouillie pour chats ? Allons-y ! C'est encore trop bien pour eux ? Ben voyons ! Pas de problème ! On leur file de la merde et ils en redemandent ! Allez, les p'tits gars, qu'est-ce que vous croyez ? On est là pour faire de la thune, rien d'autre. » Le hic, c'est que Dennis avait totalement ignoré le cahier des charges, lequel exigeait de la « qualité ». Après une série de shows sur les mamies qui se tapent les copains de leurs petits-fils et une lamentable émission sur les ados boulimiques – l'ensemble réunissant toutes les techniques propres à faire vomir le moins bégueule des téléspectateurs –, Dennis avait reçu un avertissement des patrons de la chaîne et avait paniqué. C'est ainsi que lui était venu ce concept : *Tragédies classiques, héroïnes modernes...* Un soupçon de culture devait nous sauver la mise pendant quelques saisons, le temps de voir venir.

« Bon sang, Jill est allée à Cambridge ! » avait dit Dennis lorsqu'il nous avait exposé sa nouvelle stratégie.

Lui et Jill brandissaient ce fameux diplôme chaque fois qu'on les accusait de tirer l'émission vers le bas. J'ignorais qu'on pouvait obtenir un diplôme ès sciences domestiques à Cambridge. Elle était très calée dans les problèmes d'adultère, de boulimie ou de déco, mais à part ça...

Ben prit une chaise et vint s'asseoir près de moi, tout en sirotant son café. Mon cœur se mit à battre bien trop vite. Un mélange de panique et d'adrénaline. Mon Dieu, et si je ne trouve rien à lui dire ? Pire encore : si j'essaie d'être drôle et que ça tombe à plat ?

J'ai toujours la tête bourrée de commentaires intelligents. Le problème, c'est que je n'ai pas assez confiance en moi pour oser les sortir. Les autres semblent tellement à l'aise, ils n'ont pas besoin de tourner sept fois la langue... Tandis que moi, j'ai toujours peur d'être ridicule. Alors je réfléchis tellement avant de parler que, lorsque je me décide enfin, c'est trop tard, ils sont passés à un autre sujet. Mais je m'exerce, et je progresse. La preuve : ce que j'ai osé dire à Ben, quelques minutes plus tôt. « Peut-être qu'elle a eu des consignes. » Bien envoyé, non ? Ça peut paraître insignifiant, sauf que je le ressens comme une sacrée victoire. Car je l'ai dit d'un air détaché, presque cynique. Deux ans plus tôt, jamais je n'aurais été capable de faire face à Ben avec autant d'aplomb.

À l'antenne, le show poursuivait son cours. Médée racontait la suite de sa triste épopée :

— Il a décidé de divorcer, dans mon intérêt et celui des enfants. On habitait à Corinthe, à l'époque. Créüse avait le béguin. Ce serait bien qu'il l'épouse, elle, la fille du roi. Ça résoudrait tous les problèmes financiers, il pourrait nous verser une pension correcte, à moi et aux enfants. Ah oui ? Comme si je ne savais pas qu'elle bannirait mes fils à l'instant où elle aurait mis au monde son premier-né ! Alors, Jason m'a reproché de ne m'intéresser qu'au sexe. D'après lui, ce n'était pas lui qui me manquait, mais ses performances au lit. Il m'a accusée d'être une obsédée, comme toutes les femmes.

— Et il avait tort, selon vous ? demanda Jillian.

Médée la fusilla du regard.

— Non mais, qu'est-ce que vous croyez ? J'ai tué cette petite garce soi-disant vierge, et ensuite j'ai assassiné nos enfants pour le punir. J'ai prétendu qu'ils étaient morts d'une maladie qu'il leur avait transmise.

— Quelle horreur ! murmura Ben.

Jillian – pourtant au courant depuis le début – en resta sans voix. Moi, j'ai jeté un coup d'œil aux écrans de contrôle. Les gens étaient comme pétrifiés. Choqués non pas tant par les paroles de Médée que par son attitude. Pas mal de meurtriers étaient déjà passés en direct dans l'émission, sauf que tous avaient eu l'air de regretter leur acte, avaient demandé pardon. Même les plus pervers avaient joué le jeu en parfaits comédiens, y étaient allés de leur larme pour attendrir le jury. Nous, de l'autre côté des caméras, on s'y laissait prendre chaque fois, comme le public. « C'est vrai, il n'a pas l'air d'un méchant bougre. Lui, un pédophile ? Impossible ! Il ressemble à mon voisin de palier ! »

Or voilà que Médée se pointait comme une fleur et cassait la baraque médiatique. Un cas d'infanticide sans honte ni remords. Elle n'avait pas le droit. Et pourtant... Elle fixait l'objectif, sans ciller.

Phèdre fut la seule à réagir :

— Oh, tout le monde est d'accord sur le fait que Jason s'est comporté en vrai salaud. Comme tous les hommes. Se marier pour le fric... C'est tellement banal ! Ils ont fait bien pire depuis des millénaires. Des trucs pas reluisants, qu'ils n'avoueront jamais, nos chers héros. Tenez, mon propre époux, Thésée. Il a kidnappé Hélène alors qu'elle n'était encore qu'une enfant. Promettant de l'épouser quand elle serait pubère. Tout ça avant de se marier avec moi, évidemment. Bon, à la rigueur... Et que dire de ma pauvre sœur, Ariane, qu'il a abandonnée à la merci de ses potes ? On n'appelait pas ça des tournantes, à l'époque, mais le résultat est le même. Le chef de la bande, c'était Zeus, et nous, les filles, on était censées être consentantes. Quant à Apollon, n'en parlons pas, il était le pire de tous. Une vraie bête, mais bête comme ses pieds.

Jillian saisit la perche :

— Justement, ma chère Phèdre, à l'époque, vous avez accusé votre beau-fils de vous avoir violée alors qu'il refusait d'avoir des rapports sexuels avec vous. Qu'en pensez-vous, aujourd'hui ? Vous avez pris du recul, j'imagine ?

Embarrassée, Phèdre baissa la tête et se mit à jouer avec ses bracelets.

— L'idée venait de ma nourrice, dit-elle enfin. Je ne l'ai pas forcée, je le jure.

— Oui ? insista Jillian. Nous vous écoutons.

Phèdre rejeta en arrière ses longs cheveux auburn et laissa échapper un soupir à fendre l'âme.

— Hippolyte, mon beau-fils, avait repoussé mes avances et j'avais tellement honte que je songeais au suicide. Et puis nous avons appris que mon mari était en vie. Il était parti depuis si longtemps que nous pensions tous qu'il était mort, voyez-vous. Naturellement, j'ai paniqué. J'étais malade à l'idée qu'Hippolyte allait m'humilier en révélant à son père comment je m'étais jetée à sa tête. Je voulais sincèrement mettre fin à mes jours. Mais Finone, ma fidèle nounou, m'en a dissuadée. Elle avait un plan. Elle irait trouver Thésée et lui dirait qu'Hippolyte avait abusé de moi. Ainsi, si jamais mon beau-fils tentait de révéler la vérité, c'est lui que mon mari soupçonnerait d'avoir inventé une histoire absurde pour masquer sa propre trahison. J'ai gardé le silence jusqu'à ce qu'il soit trop tard. Je n'ai pas menti, mais l'ai laissée le faire à ma place. Je sais que c'était mal.

Jillian hocha la tête et posa une main sur le bras de Phèdre d'un air compréhensif.

— Vous regrettez d'avoir agi ainsi, n'est-ce pas ?

— Oh, oui ! Vous ne pouvez pas savoir à quel point. J'ai essayé de me pendre. Ils ont coupé la corde, m'ont fait quitter le pays en secret et ont fait croire à mon mari que j'étais morte. Regardez, ajouta-t-elle.

Elle écarta son foulard en soie, dévoilant sur son cou une cicatrice rougeâtre – la brûlure du chanvre, sans doute.

— Que diriez-vous à Hippolyte s'il était en face de vous aujourd'hui ? insista Jillian. Imaginez qu'il soit ici, sur ce plateau. Qu'auriez-vous envie de lui dire ?

Je me suis tournée vers Ben :

— Waouh ! Ça, c'est du vrai *Jillian Jackson Show* ! Il faut reconnaître qu'elle est balèze ! Dans le genre trash, ajoutai-je, perfide.

Ben émit un petit ricanement. J'étais ravie. Phèdre fixait la caméra, hypnotisée.

— Je lui dirais que je suis désolée. Que je l'aimais tellement que ça me rendait folle. C'était plus fort que moi. Je ne mangeais plus, je ne dormais plus, je ne pensais qu'à lui, nuit et jour. Oui, j'avais perdu la tête.

Jillian lui tapota gentiment le bras puis se tourna vers l'objectif avant de se lancer dans l'une de ses célèbres synthèses pop-psycho-analytiques. Mais Phèdre était lancée et n'avait pas l'intention de se laisser couper la parole.

— Ç'a été le coup de foudre, dès que je l'ai vu. C'était le

jour de mon mariage. Il était si beau ! Le portrait craché de Thésée quand il était jeune. Si lisse, si pur, pas encore abîmé par la vie, par toutes ces histoires sordides de viols et de trahisons – comme ce qu'avait subi ma pauvre sœur Ariane, par exemple. Non, Hippolyte, contrairement à son père, était l'innocence incarnée. J'ai lutté de toutes mes forces pour le chasser de mon esprit. J'ai fait construire un autel à la gloire d'Aphrodite, je lui ai sacrifié des animaux, dans l'espoir qu'elle me délivre de cette obsession.

— Va falloir couper ça au montage, maugréa Ben. Sinon, on aura la SPA et tous les amis des bêtes sur le dos.

— Il était plus beau qu'un jeune dieu, poursuivait Phèdre, les joues en feu. Une version masculine d'Artémis.

Jillian s'éclaircit la gorge de façon ostensible, limite ostentatoire.

— Eh bien, chère Phèdre, vous avez été très convaincante. Je suis sûre qu'Hippolyte vous entend et vous comprend. Nous vous remercions de ce témoignage extrêmement émouvant. Il est temps maintenant de présenter au public et à nos téléspectateurs notre troisième invitée. Une femme qui, malgré une série d'épreuves dramatiques, a su reprendre sa vie en main. Je vous demande d'accueillir... lady Macbeth ! Applaudissons-la, car elle le mérite !

Ben émet un petit sifflement tandis que lady Macbeth émerge des coulisses et vient s'asseoir sur le fauteuil qui lui était réservé. À l'inverse de Phèdre et de Médée avec lesquelles les maquilleuses et relookeuses avaient eu du fil à retordre, lady Macbeth est une habituée des talk-shows. Une vraie pro, parfaitement rodée. Ses cheveux argentés qui ont l'air soyeux à l'écran doivent leur impeccable tenue à une bombe de spray. Même la pire des tornades ne pourrait déloger une seule mèche de ce savant échafaudage. En veste pourpre et kilt dans les mêmes tons, avec vernis à ongles et rouge à lèvres assortis, elle passe très bien à l'écran.

— Je l'ai vue au maquillage, dis-je à Ben. Karen était au bord des larmes.

— Elle est terrifiante.

— Elle me rappelle ma mère.

— Tu plaisantes, j'espère ? Sinon, je te plains ! T'as pas dû rigoler tous les jours, quand t'étais gosse.

J'essaie la mimique de Sophie – l'assistante de direction. Sophie est jolie, drôle et très flirt. Elle a cette façon trop craquante de lever les yeux au ciel chaque fois qu'on lui demande de faire un truc qui l'embête. Et ça marche à tous les coups. Je me suis souvent exercée à l'imiter devant la glace, mais c'est la première fois que j'ose me lancer en direct live.

Bingo ! Ben sourit, conquis. Je ne suis pas mécontente. À vrai dire, je sauterais de joie, si je ne me retenais pas. Bien sûr, ce n'est qu'une imitation. Mais seul le résultat compte, non ? À force de pratique, ça deviendra comme une seconde nature, et je serai enfin la personne que j'ai toujours rêvé d'être. C'est ce que promettait le bouquin, en tout cas. Et ça a l'air de fonctionner.

— Et, avec ta mère, ça a fini par s'arranger ? me demande Ben.

— Oui, faute de combattants. Elle est morte, il y a quelques années.

— Oh, désolé.

— Rassure-toi, je m'en suis remise.

Je n'ai pas envie qu'il se sente gêné, alors je reporte mon regard sur les écrans de contrôle.

— Lady Macbeth, bienvenue parmi nous ! claironne Jillian, tandis que celle-ci lisse sa jupe en souriant à la caméra.

Jillian semble bien plus à l'aise qu'avec Médée ou Phèdre. Au moins, lady Macbeth ne lui balancera pas des histoires de sacrifices d'animaux ou de viols de mineurs.

— Jillian, c'est moi qui vous remercie de m'avoir invitée, minaude lady Macbeth.

— Nous sommes ici afin de prouver que l'histoire des femmes n'est qu'un éternel et tragique recommencement. Mais il se trouve, en l'occurrence, que vous êtes un cas à part. Car vous venez de publier un deuxième livre, non ? Alors, parlez-nous de cet ouvrage, je vous en prie. Nous brûlons d'impatience. L'histoire est largement inspirée de votre expérience personnelle, si je ne m'abuse ?

Une façon médiatique de dire : « Je n'ai pas ouvert votre foutu bouquin et n'ai pas l'intention d'en lire une ligne. » Lady Macbeth connaît les règles du jeu et ne se démonte pas :

— Eh bien, Jillian, je dois avouer que j'avais d'autres projets en cours, sauf qu'après le succès de mon premier livre, mon éditeur m'a littéralement prise en otage.

— Littéralement, ou littérairement ?

Jillian attend quelques rires, qui ne viennent pas. Elle se raccroche aux branches :

— Donc, ce premier livre a été la révélation d'une nouvelle vocation ? (Brève hésitation, rapide coup d'œil au prompteur.) *Infirme dans son dessein*. Très joli titre, et très beau succès de librairie.

— Je vous remercie, dit lady Macbeth, faussement modeste. Il vient de sortir en édition de poche.

— Oui, nous l'avons d'ailleurs en avant-première ! s'exclame Jillian avec enthousiasme.

L'une des caméras pivote et fait le point sur une table où s'étalent une douzaine de *Infirme dans son dessein* en format de poche et quelques exemplaires du récent opus à trente euros l'unité. Lady Macbeth désigne son dernier bébé et précise :

— En fait, mon éditeur me demandait depuis longtemps une autobiographie. Évidemment, j'avais relaté quelques épisodes personnels dans mon premier livre. Comment faire autrement ? C'était une sorte de thérapie. Le meilleur moyen de savoir où l'on va et aussi une façon de découvrir nos vrais amis...

Elle sourit de toutes ses dents. Elle semble en posséder plus de trente-deux, plus blanches que nature.

— Selon mon éditeur, le public restait sur sa faim. Voilà pourquoi j'ai écrit *Donnez-moi les poignards*.

— Titre sibyllin, tout comme le premier, intervient Jillian. Pouvez-vous nous éclairer ?

— Les deux sont des citations de Shakespeare. Référence évidente à ma vie maritale, qui ne fut pas de tout repos. Comme vous le savez sans doute, mon époux est mort prématurément. En véritable héros.

Bigre, encore un mort au sein de la famille ! Pas bon pour l'audimat. Jillian hoche la tête avec son habituel talent.

— Et comment avez-vous réagi face à ce terrible drame ? demande-t-elle d'une voix suave.

— Eh bien, j'ai fait semblant d'être folle. Je n'avais pas le choix, figurez-vous. Mon époux et ses ennemis avaient l'intention de m'éliminer. Alors je n'ai pas vraiment eu le temps de m'interroger. J'ai simulé ma propre mort et je me suis retirée en France, où j'avais encore quelques amis. Ce fut une période assez mouvementée et j'ai dû adopter un profil bas durant quelque temps. Et je ne regrette rien. Le jeune William m'a rendue célèbre et ça fait encore recette. Cela dit, je suis contente d'avoir pu rectifier les faits dans mon livre, car ça ne s'est pas du tout passé comme il le prétend.

— Hum... Oui, c'est absolument fascinant. Nous sommes tous très impatients de lire votre ouvrage. Qui figure parmi les meilleures ventes de ces derniers mois, n'est-ce pas ?

— Oui. En tout cas, c'est ce que raconte mon éditeur. Moi, vous savez, je ne fais pas très attention aux chiffres. En revanche, je suis très contente que les gens apprécient mon travail.

— Bravo, lady Macbeth. Puisque vous avez été l'héroïne d'une pièce de théâtre tout comme mes deux autres invitées, je me demande si vous vous êtes déjà rencontrées, en dehors des coulisses ?

La question qui tue. Pas à dire, Jillian a le sens du suspense.

— Euh... hésite lady Macbeth.

— Certainement pas ! s'insurge Médée qui, de toute évidence, ne peut pas sentir lady Macbeth.

— J'ai bien peur que non, répond Phèdre, très polie.

— Allons, Mesdames, je suis sûre que, quelque part, à un moment ou à un autre, vous trois...

— Ah non, pitié ! marmonne Ben. Pourvu qu'elle ne fasse pas le coup des destins croisés !

— ... vous trois, poursuit Jillian, femmes exemplaires et héroïnes mythiques, n'avez-vous pas éprouvé un jour le désir de comparer vos tragiques destinées ?

Médée et Phèdre regardent Jillian, bouche bée. Lady Macbeth, ayant un bouquin à promouvoir et souhaitant être de nouveau invitée à la télé, tente de trouver une réplique à la hauteur. En vain.

— Là elle va s'esclaffer : « Ah, elles sont impayables ! » dis-je à Ben.

Un quart de seconde plus tard, Jillian se tourne vers la caméra :

— Ah, nos invitées ne sont-elles pas impayables ?

Ben se tourne vers moi.

— T'es pas mauvaise, tu sais ? T'es même plutôt douée.

— Bon, enchaîne Jillian, il est temps de laisser la parole au public. Je parie qu'ils ont une foule de questions à poser à nos héroïnes.

Normalement, à cette heure-ci, l'émission devrait être dans la boîte et toute l'équipe devrait sabrer le champagne dans les coulisses. Mais là, c'est un peu spécial. Jillian, micro en main, arpente les allées à la recherche d'une ou deux personnes susceptibles de lui répondre. Le flop total. Pas la moindre grand-mère outragée, aucun fils à papa prêt à défendre Hippolyte. Ils sont nuls, totalement pétrifiés. Finalement, Jillian réussit à choper un vieux pédant – mais pas forcément pédophile – qui proteste contre le fait que lady Macbeth gagne de l'argent en écrivant des bouquins à propos d'un meurtre qu'elle a commis avec son mari.

— Cher monsieur, vous venez de soulever une question fort intéressante, dit Jillian. Lady Macbeth, qu'avez-vous à répondre ?

Lady Macbeth s'accroche à son sourire. Elle explique que le meurtre était programmé depuis belle lurette. Qu'elle-même, y compris dans le scénario de William, n'a été qu'une pièce rapportée. D'ailleurs, ses avocats et ceux de son éditeur sont formels, aucune charge ne pouvait être retenue contre elle. Néanmoins, elle a fait don d'une partie de ses droits d'auteur à des fondations et divers organismes caritatifs.

— Quelle générosité ! s'extasie Jillian. Mesdames, messieurs, nous ne pouvons qu'applaudir.

Elle obtient trois ou quatre minables clap-claps suivis d'un silence atroce. Au bout d'un moment, une femme lève la main, timidement, au fond de la salle. Jillian se précipite vers elle, tellement vite qu'elle se prend les pieds dans le tapis. Se rattrapant au vol, elle brandit le micro sous le nez de la malheureuse interviewée.

— Je... commence la pauvre femme d'une voix tremblante. Je suis sûre que tous les gens ici pensent comme moi. Voilà, je voulais seulement savoir... J'ai trois enfants et je donnerais ma vie pour eux, ils sont ce que j'ai de plus cher au monde. Alors voilà, je voulais vous dire...

Elle s'interrompt, horrifiée par sa propre audace.

— Oui ? l'encourage Jillian. Allez-y, nous vous écoutons.

Putain ! Mais qu'elle se taise ! Qu'est-ce qu'elle va me sortir, cette conne ?

La spectatrice tremble des pieds à la tête. Jamais encore elle n'a parlé dans un micro. Elle baisse la tête et marmonne une phrase à peine audible. Grosso modo, elle ne comprend pas comment Médée peut vivre après avoir tué ses enfants.

Il y a comme un murmure de la part des mères de famille présentes dans l'assistance. Aucune n'a envie de prendre la parole, mais toutes veulent connaître la réponse. Jillian comprend qu'elle doit réagir, et rapidement :

— Voilà une excellente question. Médée, nous aimerions connaître votre réponse.

Médée, qui jusqu'à présent a fixé l'horizon, se tourne vers cette consœur qui l'accuse. Laquelle se rassied si brusquement que tous peuvent entendre le « clac » de son fauteuil cédant sous son poids.

— Ça, c'est mon problème, décrète Médée de sa voix enrouée. Ça ne regarde que moi et leur géniteur.

Jillian n'est pas contente. Quiconque accepte de participer au *Jillian Jackson Show* doit se déshabiller corps et âme. Pas question de se retrancher derrière les droits de l'Homme ou Dieu sait quel serment d'Hippocrate ou d'hypocrite. On vient se confesser en public et on déballe tout. Sinon, où va-t-on ? Autant rester chez soi !

— Non, s'insurge-t-elle. Vous ne pouvez...

Médée se tourne vers elle et la regarde droit dans les yeux. Soudain, tous les spectateurs semblent fascinés par le bout de leurs chaussures, tels les écoliers qui baissent le nez quand la maîtresse s'apprête à les interroger.

— Elle va peut-être changer Jill en truie, murmure Ben à mon oreille. C'est bien ce qu'a fait la nana qui a transformé les copains d'Ulysse en porcs, n'est-ce pas ?

— Circé, dis-je automatiquement.

— C'est ça.

Jillian tousse, comme si elle avait avalé de travers.

— Eh bien, je constate que Médée prend tout ceci très à cœur, lâche-t-elle enfin, tout en évitant le regard de l'intéressée. Et je suis sûre que notre émission lui aura permis d'y voir plus clair. Avons-nous d'autres questions ?

Quelques invités, enhardis par la réponse policée de lady Macbeth à propos de son premier livre, osent lever la main et dire à quel point ils ont apprécié les conseils prodigués dans cet ouvrage. Lady Macbeth se fait un plaisir de les remercier et en profite pour parler de ce qu'elle appelle sa « technique de perception consciente », qui consiste en des exercices de visualisation créatrice destinés à aider l'individu à se focaliser sur ses buts réels et ses désirs profonds.

La dernière personne à lever le doigt est une enseignante qui ne mâche pas ses mots et regrette que le titre de l'émission ne corresponde point à son contenu.

— Ce trimestre, nous étudions justement la tragédie classique... précise-t-elle en désignant ses élèves, qui sont venus avec elle.

Quelques adolescents se ratatinent sur leur siège, plutôt gênés, tandis que d'autres, moins timides, lèvent le majeur vers le ciel ou tirent des langues ornées de piercings vers la caméra. Encore un passage à couper au montage.

— Je dois faire remarquer, poursuit la prof, que ce que nous venons d'entendre ne répond pas exactement à la définition de la tragédie, au sens littéraire du terme. Certes, l'héroïne tragique ne peut échapper à son destin. C'est effectivement ce que nous ont raconté les trois invitées. Mais, de mon point de vue, les héros d'une tragédie classique finissent par changer, lorsqu'ils comprennent enfin l'horreur de ce qu'ils ont suscité. Le corollaire de la fatalité est le châtiment, et par là même la rédemption. Dans la pièce de William Shakespeare, lady Macbeth éprouve des remords et...

Jillian se tourne alors vers ses trois invitées. Lady Macbeth s'apprête à répondre lorsque Phèdre la devance :

— Oui, elle se suicide. Vous essayez de nous dire que l'héroïne doit obligatoirement mourir, c'est bien ça ?

Phèdre, silencieuse depuis un bon moment – elle rêve sans doute au corps virginal et parfait d'Hippolyte –, sort de sa transe et ajoute d'un ton hautain :

— Chère madame, si vous désirez des héroïnes mortes, je vous suggère l'opéra. Et je vous prie de nous excuser d'avoir survécu.

— Eh bien, je... balbutie la pauvre prof.

Jillian lance l'un de ses rires cristallins, histoire de détendre l'atmosphère et de couper court au débat :

— Oui, il est vrai que l'opéra est plutôt... cruel, n'est-ce pas ? Mimi, et... hum, toutes les autres. Autant d'histoires fascinantes ! Hélas, j'ai bien peur que nous ne soyons obligés d'en rester là car nous devons rendre l'antenne. Je tiens à remercier mes merveilleuses et courageuses invitées – Médée, Phèdre et lady Macbeth – d'avoir bien voulu nous faire part de leur expérience. Merci aussi à vous tous d'avoir participé au *Jillian Jackson Show*. Ainsi s'achève cette émission, et nous nous retrouvons demain sur notre chaîne, à la même heure. Merci encore de votre fidélité !

J'enchaîne aussitôt :

— C'était Jillian Jackson, et c'était (petit rire) mon show de merde.

— Pas mal, commente Ben. T'es douée, tu sais ?

Il s'étire, tend les bras au-dessus de sa tête, inspire puis expire profondément pour relâcher la pression.

— Bon sang, ajoute-t-il, j'aimerais pas être à la place du gars qui va se coltiner le montage !

Il se lève, repoussant sa chaise assez brusquement. C'est ce que j'admire chez les gens qui ont confiance en eux. Ils prennent une chaise n'importe où, quand ils en ont besoin, et ne se donnent pas la peine de la remettre là où ils l'ont trouvée. Ils s'en fichent. Ils se fichent totalement de ce qu'en penseront les autres.

— À propos, on va prendre un pot, tout à l'heure. Sophie et moi et quelques mecs de l'équipe. Ça te tente ?

— Pourquoi pas ? dis-je d'un ton que je voudrais décontracté, alors que mon cœur menace d'exploser.

— Super ! Alors tu nous rejoins là-bas dès qu'on a bouclé tout ce cirque.

Il s'éloigne, laissant son gobelet vide sur ma modeste portion de bureau. Je m'imagine le jour où j'aurai le courage de lui lancer : « Hé, ho, je ne suis pas ta bonniche ! Tu reviens ici, mec, et tu ramasses tes ordures ! » Je m'y vois déjà. Quel pied ! En attendant, je suis dans tous mes états. C'est la première fois que je suis conviée à prendre un verre avec eux. Jamais je n'aurais songé à y aller de ma propre initiative. C'est un lieu public mais, avant tout, c'est leur QG.

Je reporte mon attention sur les écrans. Les invitées quittent le plateau. Médée, très digne, raide comme la justice, semble avoir avalé un parapluie. Curieusement, elle m'attire comme un aimant. Depuis que j'ai appris qu'elle participerait à l'émission, je n'ai cessé de penser à elle. Maintenant que je tiens ma chance, c'est le moment ou jamais. Je me fraie un chemin dans le dédale des couloirs jusqu'aux coulisses. Un assistant a déjà guidé Phèdre et lady Macbeth jusqu'au buffet où les attendent du champagne et quelques petits fours. Aucun signe de Médée. La panique m'envahit. Je rêve de cet instant depuis des mois. Je dois absolument lui parler.

— Où est Médée ? Elle est déjà partie ?

Felicity, l'une des hôtesses, avale un canapé aux œufs de lump et hausse les épaules avec indifférence :

— Dans le bureau de Dennis. Le seul où y a une fenêtre, ajoute-t-elle en faisant mine de fumer une clope.

La porte du bureau de Dennis est fermée. Ils ont dû prévenir Médée, au sujet des détecteurs de fumée. Elle est debout près de la fenêtre ouverte, les yeux clos. Un léger courant d'air soulève ses cheveux noirs striés de mèches blanches. Entre l'index et le majeur de sa main droite, une cigarette se consume lentement, diffusant un parfum aromatisé qui m'est inconnu. Lorsque je pénètre dans la pièce, elle me jauge pendant trois secondes qui me paraissent durer une éternité. Puis elle reporte son attention sur le bout incandescent de sa Camel.

— Je voulais seulement... Je voulais juste...

— Oh, je sais très bien ce que tu veux me dire.

Sa voix est lointaine, comme celle des oracles, épuisée à force d'annoncer des drames, depuis des siècles et des siècles. Voix fatiguée et pourtant implacable, cynique. Elle rejette la fumée par le nez, non sans une certaine élégance.

— Je suppose que tu as quelque chose à m'avouer. Une chose que tu n'as jamais confessée à quiconque et que je suis seule à pouvoir comprendre ?

La gorge sèche, je suis incapable d'émettre le moindre son. J'acquiesce d'un signe de tête.

— Je m'en doutais, réagit-elle, inhalant une autre bouffée. Jamais je n'aurais dû accepter de participer à cette émission grotesque. Mais comment refuser un pont d'or ?

Elle soupire, puis reprend :

— Bon, laisse-moi deviner. Qu'est-ce qui ne va pas ? C'est ton petit ami ? Tu m'as l'air trop jeune pour être mariée. D'un autre côté, c'est vrai que les temps changent. Enfin, peu importe. Tu l'aimais, il t'a quittée et tu l'as tué ? Ou tu as tué sa nouvelle copine ? C'est toujours la même histoire. Je suis la déesse que vénèrent les meurtriers. Tous ceux qui ont tué par amour. Et ils sont nombreux, crois-moi. Ils viennent faire des petits sacrifices sur mon autel. Ils allument des bougies. Aucune imagination. C'est tellement lassant ! Ah, où est le temps où l'amante délaissée égorgeait l'infidèle ?

— Euh... j'aimerais bien vous faire plaisir, mais je n'ai jamais eu de petit ami.

— Vraiment ? Alors qu'est-ce qui ne va pas, chez toi ? Il y a bien quelqu'un que tu aimais et qui t'a rejetée ?

Elle se penche et plonge ses yeux dans les miens. C'est comme si elle me brûlait les prunelles avec le bout de sa cigarette.

— Tu as tué, ma belle. Je le sens.

Curieusement, je m'aperçois que sa cigarette est de la même longueur que lorsque je suis entrée dans la pièce. Elle n'arrête pas de tirer dessus et pourtant le petit cylindre blanc ne se consume pas.

— Raconte-moi. Peut-être es-tu celle que j'attendais. Peut-être ton crime sort-il enfin de l'ordinaire. Alors c'est quoi ? Un enfant ? Un frère ou une sœur que tu haïssais ?

— Non, c'était ma mère.

Médée semble se ramasser sur elle-même et se met à siffler, tel un serpent prêt à attaquer. Sa réaction me prend au dépourvu. Je tente de m'expliquer :

— Elle m'étouffait. Je n'avais pas le droit de sortir. J'ai dû faire mes études par correspondance. Elle n'a jamais voulu que je prenne des petits boulots. Elle était jalouse de mes copines. Alors, les garçons, n'en parlons pas ! Je vivais en prison. Elle n'avait qu'une idée : m'enterrer vivante. Faire de moi sa chose. Je n'avais le droit de rester en vie que si je demeurais son bébé, sa petite fille chérie, sa poupée, son jouet. Au bout de quelques années, j'ai voulu respirer. Je n'en pouvais plus. J'avais envie de hurler. Pourtant, il suffisait qu'elle me regarde, et je me taisais. Je me recroquevillais, le front sur les genoux et les bras sur la tête. Pourtant, c'était pas faute d'avoir répété, encore et encore, tout ce que j'avais l'intention de lui dire. Que ça devait changer, qu'elle devait me laisser un peu d'oxygène. Finalement, est arrivé ce qui devait arriver. Il n'y avait pas d'autre solution. C'est pour ça que j'ai pensé que vous pourriez me comprendre...

— Ah bon ? Parce que j'ai tué mes enfants ?

Ricanement de Médée, teinté de mépris :

— Ça n'a rien à voir. Ils m'appartenaient parce que je les avais conçus et mis au monde dans la douleur. Une douleur que vous ne pouvez imaginer, vous, jeunes femmes modernes, qui bénéficiez des péridurales et autres progrès de la médecine. De mon temps, c'était très différent. On en mourait une fois sur deux. Si j'avais eu le choix, j'aurais préféré mille fois aller au champ de bataille plutôt que de donner naissance à un seul enfant. Sans compter la mentalité des hommes, à l'époque. Mon mari voulait une vierge, bien étroite. Il m'a déchirée et je l'ai été de nouveau neuf mois plus tard. Alors je vais te dire, ma petite, mes enfants m'appartenaient. Et toi, espèce de matricide, de quel droit viens-tu me confesser le pire des crimes en espérant l'absolution ?

Elle tire encore une longue bouffée de sa cigarette.

— Zeus, soupire-t-elle, y en a marre ! Les jeunes, de nos jours, sont tellement décadents !

La fumée sort de ses narines, telles des flammes des naseaux d'un dragon. Comme un nuage dense qui emplit la pièce et m'aveugle. Ça sent l'encens, s'enroule autour de moi, me retient prisonnière. Je suis prise d'une horrible quinte de toux, tente de retrouver mon souffle. En vain. Je me sens défaillir. Médée est en train de me tuer. Les vraies héroïnes finissent par mourir, me dis-je, terrifiée.

Et puis, soudain, je reprends une goulée d'air. La force qui oppressait mes poumons s'élève au-dessus de moi, forme une sorte de spirale et disparaît par la fenêtre ouverte. Médée vient de prendre la clé des champs. Je me redresse et tousse encore plus fort que la dame aux camélias en phase terminale. Quand enfin je suis capable de me remettre sur mes pieds, il n'y a plus aucune trace de ce qui vient de se passer. Plus de fumée, pas le moindre indice, pas même une trace de cendre sur la moquette.

J'ouvre la porte et regagne lentement mon bureau. Curieusement, je me sens sereine. Après tout, j'ai fait de mon mieux. Tout comme avec ma mère, je me suis exercée, j'ai répété le scénario. Je leur ai donné une chance à toutes les deux. À qui la faute, si ça a foiré ? La confession, finalement, ce n'était pas la solution. Puisque Médée a refusé de me pardonner, personne d'autre ne le fera... Je revois ma mère dévalant l'escalier, la tête la première. Morte à l'arrivée. J'apprendrai à vivre avec.

En attendant, ils sont tous au pub et je suis invitée. J'ai un poudrier dans mon sac, et du blush. J'ai acheté le même que celui de Sophie. Avant d'aller les rejoindre, je fais une halte dans les toilettes des dames. Finalement ça me va plutôt bien, cette petite touche de couleur sur les pommettes.

Laura Lippman

Pour le meilleur et pour le pire

La première femme de mon mari a bien failli le mettre sur la paille. Je ne me souviens plus trop des détails. En tout cas, ce n'était pas exactement une faillite avec poursuites judiciaires. Quoi qu'il en soit, c'est de l'histoire ancienne et on est clean, lui et moi.

Quand on s'est mariés, il n'avait pratiquement plus un rond, mais cette malheureuse expérience lui a mis du plomb dans la tête. Dorénavant, il fait gaffe, côté finances. Du coup, il surveille de près nos dépenses. Et même d'un peu trop près. Il vérifie chaque facture, a établi des règles. Les bouquins, par exemple. Je n'ai pas le droit d'acheter un livre avant d'en avoir lu dix parmi ceux qu'on a déjà à la maison – et il y en a des tonnes que je n'ai jamais ouverts. Pareil avec les CD. (Quand tu me chanteras tous les airs de ceux qu'on a déjà, on verra.) Quant aux chaussures, n'en parlons pas. (De combien de paires d'escarpins noirs une femme a-t-elle besoin ?) Ce régime sec, cependant, est à sens unique. Car ce que désire mon seigneur et maître s'avère toujours indispensable : l'appareil photo numérique, le lecteur de DVD, les DVD qui vont avec. Rien que des westerns et des films de guerre.

Et voilà que je deviens aussi aigrie que lui. Le plus drôle, c'est qu'on gagne bien notre vie, à nous deux. Il a un revenu correct, pour un pigiste, et moi j'assure le plus gros des factures, en tant qu'éditrice d'un magazine people qui ne marche pas trop mal. Où trouver le top du top en matière de caviar, psy, avocat, école privée, fleuriste et tout le reste. J'ai ma carte de presse, mais ce n'est pas franchement du journalisme. Plutôt du marketing. Voilà pourquoi j'ai un très bon salaire.

Et, justement parce que je passe mon temps à expliquer aux gens comment dépenser leurs sous, j'ai peu de temps à consacrer au shopping. En fait, je n'habite même pas au cœur de la ville dont je vante les multiples avantages, mais dans une banlieue dite résidentielle. Un endroit charmant, niché entre trois bretelles d'autoroutes. Ça devrait être bruyant, or c'est étrangement calme, sauf quand passe le train de banlieue, juste sous nos fenêtres. Notre maison est de style victorien, restaurée de la cave au grenier par les précédents propriétaires. Au début, j'ai trouvé ça génial, de ne pas avoir à faire de travaux. Et puis, au bout d'un certain temps, c'en est devenu frustrant. C'est vrai, quoi, les maisons sont censées vous prendre du temps, de l'argent, de l'huile de coude. La nôtre n'a besoin de rien. Nous n'avons pas d'enfants, mais un chien. Quand mon mari a découvert la maison dans une agence et a voulu à tout prix quitter le centre-ville, je me suis consolée en me répétant que l'aménagement de ce nouvel endroit absorberait mon trop-plein d'énergie. Hélas, le seul effort que requiert cette baraque, c'est le chèque que j'envoie à la banque tous les mois.

Un soir, en janvier dernier, je suis revenue du bureau et ai lancé sur la table de la cuisine une pochette en plastique blanc ornée du logo de la librairie locale. Noël était passé, il n'y avait aucun anniversaire en perspective. Je n'avais donc aucune excuse qui justifiât l'achat d'un livre. Je n'avais rien lu depuis des semaines, et surtout pas les titres de la bibliothèque conjugale. Je ne veux pas laisser entendre par là que je respecte toujours les règles établies par mon tendre époux. En fait, je triche sans arrêt, et je me débrouille toujours pour masquer mon forfait. J'introduis en fraude l'objet du délit. Les hommes se demandent souvent ce que les femmes peuvent bien trimballer dans leurs grands sacs à main. Poudrier, rouge à lèvres, brosse à cheveux, tout un tas de trucs typiquement féminins... Ils sont tellement machos qu'ils n'imaginent rien d'autre. Pour ma part, je passe régulièrement la douane sans problème, dépose l'objet nouveau au milieu des anciens jusqu'à ce qu'il acquière une sorte de patine. Ensuite, c'est l'enfance de l'art. « Ce pull ? Mais je l'ai depuis des lustres, mon chéri. Je ne le mets pas souvent parce que tu m'as dit que tu ne l'aimais pas tellement, rappelle-toi. Ce livre ? Oh, c'est juste un exemplaire de presse... »

En ce jour de janvier, il faisait nuit quand je suis revenue à la maison. Je suis entrée par la porte de la cuisine. Le chien m'a fait la fête et je l'ai laissé poser ses pattes sales sur mon joli manteau blanc en pure laine vierge. J'ai lancé le sac de la librairie sur la table, où il a atterri avec un petit bruit provocateur. Mon mari, qui préparait le dîner, a abandonné ses casseroles afin d'inspecter l'objet. C'était le premier roman d'un jeune auteur, plutôt épais – le livre, pas l'auteur. Je m'étais déjà mentalement préparée à la réaction du maître de maison, qui pouvait aller du sarcasme à la fureur. J'avais une parade. Cette première édition vaudrait de l'or quand on découvrirait enfin le talent de ce jeune écrivain.

— Oui, ça me paraît être une bonne idée, marmonna simplement mon époux, à ma grande surprise.

Et il repartit s'occuper de sa sauce.

Au cours des semaines qui suivirent, je rapportai d'autres achats à la maison. Ouvertement. Des CD dont je ne pris même pas la peine d'ôter l'emballage. Des bouquins. Puis un manteau, rouge avec un col en velours noir et des gants en daim pour aller avec. Et aussi des chaussures à talons, vert mousse, et un foulard en soie. Pas une fois il ne protesta. Plus étonnant encore, il se mit à proposer de nouvelles acquisitions. Des choses qu'on pourrait partager. Des billets d'opéra. Un tapis pour le salon. Des étagères dans le bureau. Je finis par m'inquiéter : était-il malade ? Un soir, alors que nous étions au lit, il me posa cette étrange question :

— Es-tu heureuse ?

— Je ne suis pas malheureuse.

— C'est toujours ce que tu réponds.

C'était vrai.

— On ne parle pas assez, insista-t-il. Pourquoi ne me dis-tu pas ce que tu as sur le cœur ?

— Parce que, chaque fois que j'essaie de me confier à toi, tu refuses de comprendre. C'est toujours moi qui ai tort. Tu prétends que je suis folle. Alors j'aime autant me taire.

— Tu ne sais pas ce que tu veux.

C'était vrai.

— Quand je t'ai rencontrée, tu étais à ramasser à la petite cuillère.

Là, c'était faux.

— Tout ce que tu as accompli depuis, c'est à moi que tu le dois.

— Mais, justement, je n'ai strictement rien accompli ! protestai-je.

— As-tu l'intention de me quitter ?

Je répondis aussi honnêtement que possible :

— Je n'en sais rien.

Il sauta hors du lit et se précipita au rez-de-chaussée. Je le rejoignis dans la cuisine. Il se versa un bourbon dans l'un de ces verres bleus que j'avais achetés au début de notre mariage. Il avait toujours prétendu les détester, mais il s'en servait tout le temps. Il éclusa son contenu en deux gorgées et s'en octroya un second. Je pris une bouteille de vin blanc dans le réfrigérateur et m'assis près de lui.

— Tu fais comme tu veux, me dit-il au bout d'un moment, mais sache que si tu me quittes, tu devras assumer les conséquences de ta décision.

— C'est-à-dire ?

J'imaginais qu'il parlait des conséquences financières. Peut-être aussi de ma réputation. Aux yeux de mes amis et de mes relations d'affaires, je filais le parfait bonheur avec mon mari – principalement parce que c'était l'image que j'avais toujours voulu préserver. Mon métier me fait rencontrer beaucoup de gens, j'assiste à de nombreux cocktails. Il ne m'accompagne jamais, il déteste les mondanités. Selon lui, ma présence suffit à son bonheur. De ce fait, personne n'avait jamais assisté à la moindre dispute, on nous prenait pour un couple très romantique, jaloux de son intimité.

— Si tu me quittes, je me tue, continua-t-il sur un ton presque plaisant. Je ne peux pas vivre sans toi. Quand tu reviendras, il y aura du sang partout sur les murs.

— Arrête, tu n'es pas drôle.

— Je ne plaisante pas. Si tu ne veux plus de moi, je n'ai plus aucune raison de vivre.

— C'est une menace ?

— Non. Une promesse.

— Quelqu'un qui se tue ne respecte pas la vie. Entre le suicide et le meurtre, la différence est mince.

— Jamais je ne pourrais te faire de mal. Tu le sais.

On a passé toute la nuit à discuter et à boire. Ce n'était pas la première fois. Au début, quand tout allait bien entre nous, on pouvait bavarder ainsi jusqu'à l'aube, chacun se faisant l'avocat de son propre diable. Mais, là, c'était différent. Il voulait savoir en quoi il m'avait déçue et je ne savais pas quoi répondre. Quelques minutes plus tôt, je lui avais affirmé que je n'étais pas malheureuse. Et j'étais sincère, convaincue d'être responsable de mon propre statut, de cette espèce de non-bonheur. Or, à présent, j'étais certaine d'une chose : il était prisonnier de lui-même, et moi, j'étais son otage.

D'un autre côté, je l'avais toujours été. Piégée par mon job, que je détestais. Par cette maison, qui m'obligeait à gagner autant d'argent que l'année précédente. Donc à travailler autant pour payer les impôts... Le cercle vicieux. Je pourrais renoncer aux CD, aux fringues qui me tentaient, aux vacances au soleil et à tout le reste. Mais on était pris dans la spirale, lui et moi. Comme tous les couples que nous connaissions, esclaves de leurs revenus. Complètement accros. Lui, surtout, était accro à mon bulletin de salaire. Il s'offrait sa liberté au prix de ma servitude. Et j'en avais ras la casquette des horaires et des patrons. Je voulais travailler à la pige, moi aussi. Au départ, c'était convenu. Je l'aidais, puis un jour ce serait mon tour. Un jour que j'attendais encore ! Un jour, on a acheté la maison, et c'est reparti pour un tour.

Pourquoi suis-je incapable de lui en parler ? Peut-être que j'en ai tellement gros sur la patate, et depuis si longtemps que ça m'a rendue muette. Je me contente de râler à propos du train de banlieue qui passe sous nos fenêtres toutes les dix minutes et fait vibrer les vitres. Et puis je lui dis aussi que j'en ai marre de me taper trois heures de trajet aller-retour tous les jours pour aller bosser. On n'a qu'une seule voiture, alors je prends le tortillard, tous les matins. Je n'ai pas le choix, y a pas de station près de chez nous. Le train est poussif, s'arrête à chaque petite gare. C'est plutôt convivial, je lis mon journal et sirote le café de ma thermos. Le soir, c'est une autre histoire. Le dernier train part à dix-neuf heures trente, pile poil. C'est la course, j'ai l'impression d'être une détenue en liberté surveillée. En général je le chope au dernier moment, hors d'haleine.

De retour à la maison, je raconte à mon cher époux mon supplice biquotidien, jusqu'au moment où je m'écroule, morte de sommeil, tandis qu'il s'effondre, ivre d'ennui et de bourbon.

Le lendemain soir, une Volvo toute neuve m'attend dans l'allée. Verte, avec des sièges en cuir beige.

— Comme ça, tu n'auras plus besoin de prendre le train, me dit-il.

Ce n'est que le début. Nous faisons face à notre crise maritale comme tous nos voisins, c'est-à-dire en déversant une bonne partie de nos économies dans l'escarcelle des professionnels du mal-être. Sa psy. Mon psy. Plus un spécialiste de la thérapie de couple, qui croit en l'astrologie et nous recommande le bowling pour évacuer notre agressivité. Ensuite nous allons consulter un expert en troubles maniaco-socio-anxio-trucmuche, qui prescrit divers antidépresseurs à mon mari. Puis on nous dirige vers un autre toubib de l'âme qui nous semble un peu moins fou que les autres, mais dont les méthodes s'avèrent tout aussi inefficaces. On a des devoirs à faire, comme les gosses en revenant de l'école. On s'y attelle sérieusement, sans grand résultat. Moi je voudrais qu'on discute de ce chantage au suicide, qui ne me paraît pas très honnête. Mon mari n'est pas d'accord. Selon lui, j'ai un plan secret pour le « stabiliser », afin de le quitter sans culpabiliser. Le dernier thérapeute nous dit que nous devrions arrêter nos conneries et regarder vers l'avenir. À peine sorti de chez lui, mon mari m'annonce qu'il va se flinguer. On est en février.

— Vous avez peur ? me demande mon psy.

— Oui. Je suis morte de trouille.

Alors il me conseille de fouiller la maison la prochaine fois que j'y serai seule. Et, si je trouve une arme à feu, je dois la porter à la police. Le seul problème, c'est que je ne suis pratiquement jamais seule chez nous. Enfin, tout de même, trois jours plus tard, mon mari décide d'aller acheter deux ou trois trucs à la quincaillerie. Je profite de son absence pour passer au crible tous les endroits où il aurait pu cacher un revolver. Je ne trouve rien et en suis presque déçue. Que cherchais-je, au fond ? Tout simplement la preuve que je ne suis pas folle, que je suis réellement en danger. Pourtant, ma quête n'est pas totalement infructueuse. Je découvre que mon mari thésaurise les pilules prescrites par son médecin. Il prétend avoir perdu le sommeil depuis que j'ai évoqué l'éventualité d'une séparation. Pourquoi ? Il croit que je vais disparaître comme une voleuse ? Mon Dieu, qu'il me connaît mal ! Moi, je l'estimais un peu plus. Je l'imaginais me tuant durant mon sommeil puis se tirant une balle dans la tête. C'est alors que j'ai commencé à stocker les somnifères, tout comme lui.

— Comment s'y prendrait-il ? me demande ma sœur, qui est toujours de bon conseil. Lui qui n'est même pas foutu de changer une ampoule, tu l'imagines aller s'acheter un flingue ? Désolée, ma chérie, mais tu rêves. Sans toi, il est perdu.

Je ne sais pas trop quoi répondre, je l'avoue.

— Je ne prétends pas que tu devrais rester avec lui, ajoute-t-elle. Je dis simplement que tu n'as aucune raison d'avoir peur. Ton mari est un faible, pas un assassin.

— N'empêche que je ne peux pas oublier sa menace. Il ne peut pas vivre sans moi et, si je l'abandonne, je devrai en assumer les conséquences. Ça veut dire quoi, à ton avis ?

— En effet, ça demande réflexion. Es-tu prête à le quitter ?

Je n'en savais rien. Je n'avais aucune raison de rester, et pas davantage de partir. Du moins jusqu'à ce qu'il me dise enfin jusqu'où il était prêt à aller pour me garder. Même si je ne crois pas en Dieu, j'ai juré de lui être fidèle dans le bonheur et dans l'adversité, et ce jusque dans la mort. Il ne m'a pas battue, ne m'a pas trompée – enfin, pas que je sache. Je ne vois donc aucune raison de mettre fin à un engagement aussi sérieux que le mariage. Bien sûr, il est paresseux, et joueur, et porté sur la bouteille. Surtout depuis qu'il a le cafard. En fin de compte, je n'ai pas grand-chose à lui reprocher. Et il est prêt à se plier en quatre pour me garder. La balle est dans mon camp. Il y a sans doute des règles, un protocole à respecter. Je n'ai moralement pas le droit de le quitter comme ça, sans préavis.

— Que pouvez-vous sortir de la maison sans qu'il ait des soupçons ? me demande mon psy, début mars.

— Moi. Et mon portable, peut-être.

— Téléphone, ou ordinateur ?

— Mon Mac.

— Bien. Quoi d'autre ? En quelques jours, vous ne pourriez pas subtiliser quelques objets personnels ?

— Non. Il le remarquerait immédiatement.

C'est seulement à ce moment-là que je comprends à quel point je suis dans la merde. Il tient un inventaire. Il vérifie le contenu de mes tiroirs pendant que je suis au bureau, passe en revue mes petites culottes et mes strings. Il m'espionne aussi sûrement que je l'ai fait quand je cherchais le revolver que je n'ai jamais déniché. Tous ces cadeaux – les CD, les livres, les chaussures, les fringues, la Volvo – servent à m'endormir. Voilà pourquoi il n'a pas protesté. C'est pour mieux ériger une muraille entre le monde et moi, et m'enterrer vivante.

— Donc, conclut mon psy, vous partez avec votre brosse à dents, point final. Vous êtes d'accord là-dessus ? Si oui, appelez votre sœur, allez vous installer chez elle – temporairement – et ne remettez plus les pieds chez votre mari. Vous m'avez bien compris ?

En sortant de son cabinet, j'étais fermement résolue à suivre ses conseils. Sauf que j'avais sous-estimé mon mari. Il pouvait lire en moi comme dans un livre ouvert. Ce soir-là, il m'a coincée contre le mur, me forçant à parler. Il voulait seulement connaître la vérité. Pourquoi étais-je malheureuse, pourquoi ne voulais-je plus de lui ? J'avais juré de l'aimer jusqu'à ce que la mort nous sépare. Alors comment pouvais-je envisager de le quitter ? Il ne m'a pas touchée. Il n'avait pas besoin de me toucher pour me faire peur. Il voulait seulement que je parle, et rien que ça, c'était effrayant. Il exigeait de moi tous les secrets, tous les doutes, toutes les mauvaises pensées que j'avais pu avoir depuis qu'on se connaissait.

Accroupie dans un coin, je sanglote, les bras autour de mes genoux. Je viens de comprendre que tôt ou tard je devrai m'inventer des fautes pour le satisfaire. Je devrai inventer des trahisons que je n'ai pas commises, simplement dans l'espoir qu'il se taise. Il est debout, au-dessus de moi, furieux. Quelque part dans la maison, le chien gémit, et ça me fend le cœur. Il me faudra renoncer à lui aussi. Et à la voiture, et à mes fringues, aux CD et aux livres, à l'opéra. Quelle ironie ! En fait, je devrai même renoncer à ma brosse à dents. Il me regarde de très près, à présent. J'aurai de la chance si j'arrive à sortir indemne de la maison.

En désespoir de cause, je fais la seule chose pour laquelle je suis relativement douée : je capitule. J'implore son pardon. Je lui apporte un verre de bourbon et il me verse un verre de chardonnay. D'habitude, il se moque de moi. Selon lui, j'ai toujours eu un goût de chiotte, le vin blanc est une boisson de plouc.

Nous sirotons en silence. Douce trêve. Le lit nous tend les bras et nous nous allongeons pour visionner l'un de ses DVD favoris, un western de Sergio Leone. Comme toujours, je m'assoupis. La télé, ça me fait toujours cet effet. Mais, comme autrefois, il me réveille d'un coup de coude. Je me souviens alors qu'il déteste que je m'endorme quand il a vu le film jusqu'à la fin puis a envie de passer à l'action.

Sur l'écran, un homme, la corde au cou, est debout en équilibre sur les épaules d'un adolescent. Si le gamin bouge, le type meurt. Henry Fonda fourre un harmonica entre les dents du gamin. « Joue, dit-il. Joue pour ton frère. » Bien sûr, le pauvre môme ne peut pas rester debout et jouer de l'harmonica éternellement. Il finit par s'effondrer et son frère meurt, pendu haut et court.

Quand le soleil se lève, je vais jeter un coup d'œil par la fenêtre. Ô miracle, la neige est tombée, toute la nuit. Les rues sont impraticables, même pour une Volvo neuve.

Toutefois, il faut que j'aille bosser, d'une manière ou d'une autre. Je souffle un léger baiser sur la silhouette endormie de cet homme qui est encore mon mari, m'habille à la hâte – jean, bottes, col roulé, parka, bonnet et gants de laine. Je verrouille la porte derrière moi. J'avais l'intention d'ôter cette maudite clé de mon porte-clés et de la jeter dans le premier caniveau venu. Au dernier moment, je change d'avis. Parce qu'il faudra que je revienne. Je marche jusqu'à la gare, grimpe dans mon petit train de banlieue. Et je travaille, toute la journée, comme d'habitude.

Ce soir-là, je ne prends pas le train de dix-neuf heures trente. Je vais chez ma sœur. Elle n'est pas d'accord avec moi mais m'accueille tout de même. Elle est à côté de moi quand j'appelle mon mari et que je lui annonce que je ne reviendrai pas. Il ne réagit pas. Je me retrouve seule au bout du fil.

Il n'y avait pas de revolver dans la maison, en fin de compte. Ni de fusil. Donc, il n'y eut pas de sang sur les murs. En revanche, il y avait une bouteille de bourbon, vide, et deux flacons de pilules, vides aussi. Les siennes et les miennes, tous ces trucs qu'on nous avait prescrits à l'époque où lui et moi avions essayé d'arranger les choses. Comme je ne m'étais pas manifestée depuis quarante-huit heures, ce n'était pas très beau à voir. Mais le chien avait survécu, heureusement, et avait eu la décence de respecter le corps. Il faut dire que j'avais rempli sa gamelle avant de partir, ce matin-là. Avec double ration de croquettes. Prémonition ? Néanmoins, c'était plutôt moche, et ils furent tous désolés pour moi. Non, ce n'était pas ma faute, il ne fallait surtout pas que je me sente coupable. La police conclut à un accident, le coroner s'en foutait visiblement. Avec les assureurs, ce fut plus difficile. Ils finirent par capituler, faute de preuves. Ils payèrent donc l'emprunt pour la maison et le capital de l'assurance-vie, le défunt n'ayant pas laissé de lettre permettant de conclure au suicide. Et, même s'il avait récemment consulté tous ces psychiatres, aucun d'eux ne l'avait jugé dépressif au point d'attenter à ses jours. En fin de compte, il avait mélangé l'alcool et les somnifères, en dépit des mises en garde de ses médecins. Je fus appelée à témoigner et pus dire, en toute sincérité, qu'il n'en faisait qu'à sa tête et se moquait royalement de la posologie. Par ailleurs, oui, c'était bien connu, mon mari, hélas, avait tendance à abuser du bourbon.
Il n'y eut pas d'autopsie, donc aucun légiste ne vérifia l'heure de sa mort. J'étais hors de cause, puisque je l'avais appelé ce soir-là, et ma propre sœur eut la gentillesse d'en témoigner. Personne n'imagina que les pilules en question avaient pu être écrasées et mélangées à l'alcool bien auparavant.

Rétrospectivement, je dois avouer que ça m'a paru long. Je n'ai même pas entendu tomber la neige, parce que j'avais l'oreille collée sur son cœur. Mais ça en valait la peine. Il n'a pas souffert, je le garantis. Et puis, c'est ce qu'il voulait, n'est-ce pas ? Il avait déclaré qu'il voulait mourir si je le quittais. Je n'ai fait qu'accéder à son désir.

Stella Duffy

Faut que jeunesse se passe

Autrefois, on eût qualifié Martha Grace de « belle plante ». Elle est plantureuse, en effet. Solidement charpentée. Elle peut traverser des villes et gravir des montagnes sans qu'une seule goutte de sueur ne perle à son front. Martha Grace a de fortes cuisses, des seins lourds et des hanches larges faites pour donner la vie, bien qu'à cinquante-huit ans elle n'ait jamais enfanté. Elle vit seule et cultive des herbes, des fleurs et des légumes inconnus dans son jardin bien clôturé. Elle les plante les nuits de pleine lune. Quand elle va en ville, les gens changent de trottoir et lui lancent des regards suspicieux. Dès qu'elle a le dos tourné, on la traite de gouine ou de sorcière, bien qu'elle ne soit ni l'une ni l'autre. Martha Grace aime la solitude, se suffit à elle-même et se passerait volontiers de tout contact avec autrui.

Tim Culver a seize ans. Il est grand pour son âge. Star de l'équipe de foot, et intelligent, ce qui ne gâte rien. S'il le voulait, il pourrait avoir toutes les filles de sa classe. Et la plupart de leurs mères. Plus quelques-uns de leurs grands frères. Si cela l'intéressait. Ce qui n'est pas le cas. Certainement pas. Ce n'est pas du tout le genre de Tim Culver. Il est trop clean pour être attiré par les garçons ou les vieilles dames.

Un samedi après-midi, à la suite d'un pari, il se présente chez Martha Grace pour lui proposer ses services en tant qu'homme à tout faire. Cachés derrière les buissons, ses copains rigolent.

À partir de ce jour, il va chez elle pratiquement tous les week-ends. Il prétend que c'est pour lui donner un coup de main. Elle est seule, et plutôt sympathique, en fin de compte.

Peut-être un peu bizarre. Pas plus que sa grand-mère durant ses dernières années. D'ailleurs Martha n'est pas si vieille. Ni si grosse. Elle est seulement forte. Différente des femmes qu'il a l'habitude de côtoyer. Elle lui parle d'une autre manière. Et, surtout, elle paie bien. En deux heures chez elle, il gagne deux fois ce que lui donnerait son père pour tondre la pelouse, ou les voisins pour repeindre leur maison avec son frère aîné. Elle ne sait pas qu'il profite d'elle. Comme elle ne parle avec personne, elle ne connaît pas les tarifs. Et c'est très bien ainsi. Tim sait ce qu'il fait. Après une ou deux plaisanteries de la part des copains, il les a remis à leur place. À présent, ce sont eux qui regrettent de n'avoir pas tenté leur chance auprès de la vieille folle. Tim Culver gagne de la thune. Au fond, c'est normal, il a toujours été plus futé qu'eux.

Au départ, Tim comptait se faire admettre chez Martha Grace une seule fois, afin de prouver à ses potes qu'il n'était pas un dégonflé. Et puis il serait parti et ils se seraient tous bien marrés. Il a effectivement gagné son pari, est ressorti de chez la vieille en riant. Mais il n'avait pas prévu qu'il y retournerait de lui-même. Or, dès le lendemain, il a de nouveau frappé à la porte avec son regard insolent. Lui a demandé si elle avait du boulot.

Martha Grace avait besoin de ses services, en effet. Elle n'était pas dupe de son sourire cupide. En revanche, le jeune Tim Culver ne devina pas une seconde ce qu'elle voyait en lui. Elle lui fit tondre le gazon, réparer la clôture. Puis elle lui proposa de venir faire un brin de toilette à l'intérieur. Tandis qu'elle lui servait un grand verre de limonade et sortait quelques dollars de son sac, elle lui demanda :

— Dis-moi, Tim, as-tu déjà fait l'amour ?

Tout d'abord, il ne fut pas sûr d'avoir bien compris. En quoi ça la regardait ? Ne sachant trop quoi répondre, il le prit de haut. Bien sûr, qu'il avait déjà couché, et plus d'une fois ! D'ailleurs, il n'y avait qu'à demander aux filles de sa classe. Elles disaient toutes qu'il était le meilleur. Il n'était pas de ceux qui tirent leur coup vite fait comme ses copains. Il changeait peut-être de partenaire toutes les semaines, mais aucune d'elles n'avait jamais eu à se plaindre. Toutes se souvenaient de Tim Culver avec un petit pincement au cœur, pour ne pas dire ailleurs. Martha Grace l'a déjà observé. Une vieille cinglée, on la remarque. Personne ne pense qu'elle aussi observe. Or c'est faux.

Tim Culver finit par répondre que, oui, il a déjà fait l'amour. Évidemment. Qu'est-ce qu'elle s'imagine donc ? Qu'il est une tapette ?

Martha Grace lui répond qu'elle ne sait pas encore qui il est. C'est la raison pour laquelle elle l'a fait venir chez elle. Tim comprend alors qu'elle vient de lui lancer un défi.

Quand ils se retrouvent finalement au lit, rien ne ressemble à ce qu'il a connu auparavant. Il a niqué tout plein de filles, il ne sait même plus combien. Il est la coqueluche de ces dames, après tout. Et c'est vrai. Lorsque Tim Culver dit qu'il est allé à tel endroit, a fait ceci ou cela, on peut s'y fier. Avec Martha Grace, c'est différent. D'abord, il n'y a aucun rapport de force. Elle lui parle, le guide, l'encourage, l'accueille tendrement. Elle fait de lui un homme plus complet qu'il n'a jamais rêvé de l'être. Étendu contre cette chair moelleuse, son jeune corps musclé s'exprime puis se détend, devient capable d'audaces inimaginables mais aussi de gestes d'une infinie délicatesse. Tim Culver et Martha Grace ne baisent pas, ils font l'amour. Tim se délecte de cette peau si douce, puis s'abandonne, épuisé et heureux, tel un naufragé qui vient s'échouer dans une crique où il se sent enfin en sécurité après la tempête.

Avant qu'il ne parte, elle lui offre du pain tout frais sorti du jour. Elle a pétri la pâte de ses mains fortes, comme elle a pétri ses jeunes flancs, ses fesses et ses cuisses musclées à peine quelques minutes plus tôt. Elle étale une épaisse couche de beurre sur la tranche, puis du miel doré, ni trop épais ni trop liquide. Elle en a plein les doigts, qu'il lèche comme un ourson gourmand. Alors, gourmande elle aussi, elle l'embrasse à peine bouche. Puis elle époussette les miettes sur le devant de sa chemise. Elle est très soignée, presque maniaque. En temps normal, elle ne supporte pas la moindre trace sur son carrelage immaculé. Mais Tim est si craquant qu'elle en oublie toute velléité de balayage, nettoyage et autre corvée ménagère. Du moins jusqu'à son départ. Pour l'instant,

Martha se laisse aller dans sa cuisine pleine de mie de pain, de beurre et de miel. Au bout d'une demi-heure près de la chaleur de la gazinière, Tim émerge de cette douce torpeur. Sa mère l'attend. Il prend une douche rapide, se rhabille. Ce soir, il a rendez-vous avec une jolie petite rousse. Il empoche les billets et propose à Martha Grace de revenir samedi prochain. Elle réfléchit, sourit à demi en inclinant la tête. Oui, elle aura sans doute quelques travaux à lui confier.

— Disons... à deux heures. Et ne sois pas en retard.

Tim Culver acquiesce. Il n'a pas l'habitude d'obéir aux ordres mais, là, ça ressemble davantage à une invitation. Et il serait bien bête de refuser. Il viendra, il le sait déjà.

Martha Grace le regarde s'éloigner puis se tourne vers la cuisine en désordre. Elle passe les trois heures suivantes à récurer la table, le sol, l'évier. Puis elle monte dans la chambre, change les draps, lisse le couvre-lit, remet chaque objet à sa place. Quand enfin elle est satisfaite et s'assied pour dîner, elle songe au garçon qui en ce moment doit dépenser avec sa petite amie les dollars qu'elle lui a donnés. Elle soupire. Il a de quoi lui offrir un repas correct, songe-t-elle. Si tant est que ces gamines soient capables de manger normalement. Pauvres petites crevettes aussi anorexiques que ces top-models qu'on voit dans les magazines !

Avant de se coucher, Martha note la visite de Tim Culver dans son livre de comptes. Elle n'a pas payé le garçon pour le sexe. Non, ce ne serait pas bien. Elle l'a rémunéré pour le travail effectué. La pelouse, la clôture. Le sexe n'était qu'un petit extra.

Un extra qui devient routine. Chaque samedi, après l'entraînement de foot, les révisions pour les partiels ou les gueules de bois qui suivent les fêtes du vendredi soir entre ados, Tim Culver se rend chez Martha Grace.

Il pousse la barrière dont il a huilé les gonds la semaine précédente, passe devant les rosiers qu'il a taillés et les parterres de pieds-d'alouette qu'il a désherbés, sort de sa poche la clé qu'elle lui a récemment donnée, entre dans le corridor qu'il doit repeindre lors des prochaines vacances et grimpe à l'étage. Martha Grace l'attend.

Elle est étendue sur le lit, entièrement nue, ses longs cheveux gris étalés sur l'oreiller et sur ses épaules. D'habitude,

72

elle les noue bien serrés derrière la nuque. Mais là, ils dégoulinent comme des algues sur ses volumineuses mamelles dont les tétons pointent, rouges et turgescents.

Tim Culver esquisse un sourire et se dirige vers la salle de bains. Il laisse la porte ouverte et Martha l'observe depuis son lit. Il se débarrasse de ses vêtements trempés de sueur et se plonge dans le bain qu'elle a fait couler à son intention. Des pétales de roses flottent à la surface de l'eau, ainsi que des brins de romarin, des feuilles de camomille et d'autres herbes qu'il ne connaît pas. Il ferme les yeux et sombre dans cette bienfaisante tiédeur aromatisée. Quelques minutes plus tard, il émerge, frais et dispos.

Au lit, Tim s'enfonce dans une autre bienfaisante tiédeur. Il en soupire de soulagement et de plaisir. Voici bientôt trois ans qu'il rend hommage à Martha Grace très régulièrement. Sa place, près de ce corps doux et dodu, lui est aussi familière que la chaise qui lui est réservée à la table familiale ou dans la chambre qu'il partage avec un copain, sur le campus. Tim est passé sans problème et sans transition des pompom-girls qu'il déflorait sur la banquette arrière de sa vieille Oldsmobile aux jeunes et jolies étudiantes qu'il collectionne à présent. Il est vrai qu'il est beau gosse et qu'il n'a jamais eu à se prendre la tête, côté drague. On en est au post-féminisme, les filles veulent se le payer parce qu'il est mignon, et dès le lendemain elles disent aux copines si c'est un bon coup ou non. Tim n'est pas contre : les nanas peuvent toujours faire les fières avec leur prétendue libération sexuelle, il y trouve son compte, puisqu'il les baise tous les soirs. Finalement, tout le monde est content. Surtout les filles. Car Tim Culver n'est pas seulement beau et intelligent, il sait comment rendre une femme heureuse. On ne peut pas en dire autant des autres membres de l'équipe de foot. Et, bien sûr, c'est bon pour son image, d'avoir toutes ces blondes dans son lit, sans compter les brunes et les autres. Mais, tandis qu'il est allongé à côté d'une de ses conquêtes au corps de liane, il s'aperçoit qu'il s'ennuie. Il en a marre de tringler des asperges qui ne s'intéressent qu'à elles-mêmes, à leurs hanches pointues et à leurs seins trop durs et trop ronds, aussi confortables et sensibles que des pamplemousses surgelés. Marre de leurs conversations sur la poésie, la philosophie, l'ésotérisme et tutti quanti. Il en a ras le bol de toutes ces filles qui le bassinent avec leurs états d'âme. Bref, Tim Culver a sa claque des emmerdeuses qu'il baise quotidiennement. Elles ne sont ni douces ni généreuses, ne pensent qu'à leur petite personne. Même quand elles ne le clament pas haut et fort, tout ce qu'elles veulent, c'est qu'on fasse attention à elles, et à elles seules.

Tim l'a appris très vite, dès sa première semaine loin du giron familial. Peinard dans les bras de Morphée, tournant le dos à la blonde de la veille, il a été réveillé par des sanglots. En parfait gentleman, il s'est inquiété. Non, non, tout allait bien, snif, snif ! Si, si, il avait été à la hauteur, elle avait joui, et même que ça avait été parfait, re-snif ! En fait, elle ne pleurait pas. C'était juste que... Puis, d'une toute petite voix, elle lui a expliqué son problème. Est-ce qu'il tenait à elle ? Était-elle assez jolie ? Assez mince ? Assez sexy ? Assez bonne au lit ?

C'est la seule qui ait osé s'exprimer, mais Tim a l'impression que toutes les autres souffrent du même syndrome. Ces filles sont toutes mal dans leur peau et quémandent l'approbation des mecs. Trop minces ou trop grosses, et terrorisées. Libérées ? Mon cul !

Avec Martha Grace, c'est différent. Tim peut se reposer. Il est possible qu'elle ait besoin de lui. Elle l'apprécie, il en est sûr. Et elle a envie de lui, tout comme il a envie d'elle. En tout cas, elle attend de lui son corps, sa présence, sa queue. Certainement pas sa bénédiction, ni même un engagement. Sans doute parce que c'est exclu entre eux, et ils le savent tous les deux. Elle est grosse, elle est vieille, que pourrait-elle attendre de lui ? Du coup il se sent libre, et c'est merveilleux. Faire l'amour avec Martha Grace, c'est oublier la peur. La peur de vivre et la peur de vieillir. Ça se passe toujours tellement bien, entre elle et lui. Elle sait qui elle est, elle ne compte pas sur lui et il n'a rien à lui prouver. C'est beau, non ? Elle n'est pas canon, c'est vrai. Par contre, elle a tellement plus à offrir. Soudain, Tim s'aperçoit avec surprise qu'elle possède une qualité que n'auront jamais ses copines de fac minces comme des tiges de bambou. Avec Martha Grace, il se sent bien, tout simplement. Dans sa maison, dans son lit, contre son corps. Elle n'a plus dix-huit ans et c'est ce qui lui plaît. Il s'endort, paisible, la tête nichée entre les seins de sa vieille maîtresse. Elle sent dans ses cheveux le parfum des autres femmes et sourit.

Quelques jours plus tard, Tim apporte un petit cadeau à Martha. Il connaît son goût pour les mets fins, les bons vins et... lui-même. Il apprécie cet appétit de vivre, cette bouche insatiable. Il lui apporte des petites choses de la ville – des chocolats importés, des confitures, du cognac. Il en a les moyens, Martha Grace y pourvoit. Cette fois, il dépose devant elle une toute nouvelle offrande.

Martha Grace a essayé la marijuana, voici bien des années. Ça ne l'a jamais intéressée. Elle a toujours voulu rester maîtresse d'elle-même. Elle a déjà tout expliqué à Tim. Lui a raconté ses expériences passées, et pourquoi elle est devenue la femme qu'elle est à présent. Elle lui a dit comment, petit à petit, elle est passée du monde extérieur, dans toute sa splendeur, à une retraite forcée, dans ce coin perdu. Il a hoché la tête. Il comprenait. Enfin, apparemment. En tout cas, il l'a écoutée et c'est nouveau pour elle. Elle a envie de lui faire confiance.

Et voilà que Tim Culver lui apporte de la coke. Martha est à la fois choquée et secrètement ravie. Dernier sursaut, cependant. Elle est plus qu'adulte, lui n'est encore qu'un enfant, elle doit faire preuve de maturité. Elle lui ordonne donc de jeter ce poison dans les toilettes, ou de le rapporter là où il se l'est procuré (à l'université ?). Elle le réprimande et l'envoie au lit (le sien). Tim sourit et grimpe à l'étage, laissant le petit paquet blanc sur la table de la cuisine.

Martha Grace le regarde s'éloigner, le voit hausser les épaules, le traite de « sale gosse », sachant qu'il adore ça. Puis elle tend la main vers le sachet de poudre. Que de discussions pour si peu de chose ! Elle imagine le corps du garçon, là-haut. Nu, et si parfait. Dans son lit, offert. D'un côté, une bande de puritains qui l'ont toujours empêchée de vivre. De l'autre, l'amour avec Tim, plus une petite ligne. Comment résister ? Elle tend la main, saisit le sachet et rejoint son amant, ramassant au passage les vêtements éparpillés sur les marches de l'escalier. Furieuse, malgré tout, telle une mère poule qui rassemble ses poussins. Décidément, faut tout faire, dans cette maison !

Tim Culver dépose une ligne sur le ventre nu de Martha, du nombril jusqu'au pubis. Malheureusement, elle respire, et la précieuse poudre s'éparpille au gré de son souffle. Alors Tim s'empresse d'inhaler, respirant à la fois la cocaïne et l'odeur de la femme.

Et c'est son tour. Elle le fait rouler sur le côté, le met à plat ventre, dépose la cocaïne au creux de ses reins, de la taille jusqu'à la naissance de la raie où pointent quelques poils. Elle s'applique. C'est tellement nouveau. Elle veut que ce soit bon.

Tim, pour sa part, commence à s'impatienter. Il en a assez d'avoir le nez écrasé contre le matelas et préférerait l'enfouir dans les replis sublimes de Martha Grace. Le poids considérable de Martha emprisonne ses jambes, ses seins plaqués contre ses fesses le clouent sur le lit, tandis qu'elle inhale la poudre et goûte le sel de sa peau. Pour un peu elle le mordrait, rien que pour sentir sur le bout de sa langue la saveur métallique du sang. Tim en perd le souffle. Il se demande si c'est ce que ressentent les filles qu'il baise, à l'université. Il est balèze, et elles sont toutes si fragiles. À un moment ou à un autre, c'est plus fort que lui, il faut qu'il les domine. Alors il pèse de tout son poids sur elles. Elles émettent des petits bruits, comme les souris qu'on étouffe entre le pouce et l'index. Tim trouve ça jouissif. Elles sont si frêles, il sent les os de leur bassin contre son abdomen, comme encastrés, et leurs petites côtes qui ploient sous la pression de ses mains. Il adore les entendre crier, entre deux spasmes. On lui a toujours dit qu'elles aimaient ça, que ça leur plaisait d'être dominées. Alors pourquoi se gêner ? Tu veux de la bite ? Tu vas être servie ! Tim est bien membré par rapport à ses copains. Ça fait de lui le mâle dominant. C'est comme ça qu'il prend son pied, chaque vendredi soir. Il est tellement populaire que jamais il n'a ressenti le besoin d'avoir une petite amie. De toute façon, il a Martha Grace. Et, elle, c'est une vraie femme.

Ce qu'elle lui fait aujourd'hui le surprend tout de même un peu. Est-ce l'effet de la coke ou de la nouveauté, le poids de Martha sur lui, qui l'écrase et le force à écarter les jambes ? Il s'interroge encore quand elle glisse une main entre ses fesses et l'autre sous son bassin. Il ne se pose plus la moindre question quand il jouit, trois minutes plus tard. Martha est toujours au-dessus de lui et lui mordille la nuque. Elle est lourde sur son dos, jamais il n'a connu ça, mais c'est rudement bon. Il pense alors à ses rares amis gays (pas vraiment des amis, juste des connaissances). C'est comme ça, pour eux ? Bon, on arrête. Déjà qu'il vient de s'interroger à propos des filles, il ne va tout de même pas se prendre le chou avec les pédés !

Après cette expérience, Martha Grace et Tim Culver arrêtent la coke. Martha ne crache pas dessus, comme on dit, mais elle préfère conserver les idées claires – du moins les siennes. En outre, elle a concocté, comme d'habitude, un petit goûter pour après l'amour : une bouteille de sauternes et un clafoutis aux cerises. La veille, elle a piqué chaque cerise à l'aide d'une aiguille et les a fait macérer dans un litre de gin. Normalement, ça aurait dû mettre Tim sur le tapis et laisser les coudées franches à Martha Grace, alias la sorcière. Manque de bol, après la coke et le sexe, ni l'un ni l'autre n'eurent envie de goûter à ce fabuleux dessert. Et Tim Culver prit congé.

Martha dîne seule, ce soir-là. Enfin, elle grignote. Elle est en descente de coke et passe son temps entre la cuvette des W-C et la bassine qu'elle a posée près de son lit. Elle peut accepter l'abandon. Elle préférerait, bien sûr, que cette histoire avec le jeune Tim Culver se prolonge, jusqu'à l'extinction du désir. Elle peut aussi envisager de renoncer à ses pouvoirs, à l'extrême rigueur. Mais perdre l'appétit ? Alors là, non, jamais !

Et le temps passe. Trois mois, puis six, puis un autre trimestre. Les saisons défilent, chacune fidèle à elle-même. L'association Tim Culver-Martha Grace perdure. De même que la couverture officielle : il ne vient que pour les travaux de jardinage et de bricolage. La partie de jambes en l'air et le petit goûter sont devenus une sorte de rituel, comme la récompense financière.

Et puis, un soir d'hiver, en fin d'après-midi, alors qu'il fait assez sombre pour qu'ils aient l'impression d'avoir passé la nuit ensemble, ils doivent bien se rendre à l'évidence. Ce qu'il y a entre eux, c'est de l'amour.

Tim est le premier à en prendre conscience. Il en reste pantois. Pendant tout ce temps, ça couvait en lui, mais il ne voulait pas y croire. Et, maintenant, ça lui tombe dessus, comme une divine révélation. Un miracle, en quelque sorte.

— Martha, je crois bien que je vous aime.

Martha Grace hoche la tête et sourit.

— Je t'aime, Tim.

Elle n'a pas répondu « moi aussi ». Simplement « je t'aime ».

Un mois se passe. Tim Culver et Martha Grace filent le parfait amour. Ils se voient tous les week-ends. Ils s'adorent, tout est parfait.

Puis, un jour, Martha décide d'aller lui rendre visite sur le campus. C'est vrai, quoi, c'est toujours lui qui se déplace. Elle va lui faire la surprise, apportera un pique-nique avec tout ce qu'il apprécie. À commencer par elle-même.

Elle cuisine une tourte au bœuf et aux oignons, avec la viande rose au milieu, comme il la préfère. Et puis un pain farci aux olives, son favori. Et des sablés maison, plus des tartes aux fraises des bois. Le tout agrémenté d'un thermos de vin aromatisé avec le mélange d'herbes et d'épices « spécial Martha », dont personne ne connaît la recette. Puis elle se fait belle. Ressort même du fond d'un tiroir un tube de rouge à lèvres qui date de l'époque de sa splendeur. Elle descend vers la ville, la tête haute, ses cheveux parfumés à la camomille flottant au vent. Elle a sorti pour l'occasion son manteau et ses souliers du dimanche. De très jolies chaussures, qui n'ont pas beaucoup servi et lui font un peu mal. Elle prend le bus, puis un taxi qui la dépose devant l'université.

Et, pendant tout ce temps, Martha Grace a l'estomac serré. Elle pressent qu'elle va droit dans le mur, et pourtant elle n'a pu s'empêcher de foncer, les yeux fermés. Elle voudrait faire machine arrière. C'est trop tard. Elle sait très bien que ça ne marchera pas, que ça ne peut pas marcher. Mais son cœur, ce stupide engin qui bat trop vite, la pousse à continuer, envers et contre tous. Elle se dirige vers le café où il passe ses après-midi avec ses copains, à boire des cafés ou des bières, à échanger des plaisanteries ou des confidences.

Il n'est pas là.

Martha Grace reste assise dans son coin pendant une heure. Puis une autre. Elle en est à son huitième espresso. Enfin, Tim Culver fait son entrée. Il est accueilli par une volée de rires et de hourras. Il est beau, il est jeune et sûr de lui. Il s'assied à califourchon sur une chaise et commence à raconter des histoires drôles, voire grivoises. Tout le monde s'esclaffe, il tient son public en haleine. Il ne remarque même pas Martha Grace, assise toute seule à trois pas de là, une moustache de crème chantilly sur la lèvre supérieure, dernier vestige de son énième cappuccino.

Hélas, l'un des amis de Tim finit par aviser cette grotesque vieille grosse dame. Il est bien élevé, alors il ne la montre pas du doigt. C'est pire encore. Au bout de cinq secondes, les regards de ces jeunes gens sont tous braqués sur elle. Martha Grace ne sait plus où se mettre. Aimerait bien trouver le trou de souris le plus proche. À quoi bon ? Elle reste assise, impassible. Elle sait ce qui l'attend et boira son dernier café jusqu'à la lie, en attendant l'hallali.

Tim l'aperçoit. Étonné de n'être plus le centre d'attraction, il a suivi le regard de ses amis et l'a vue, elle, ridicule, seule devant sa tasse vide. Il la fixe, droit dans les yeux, puis se lève et se dirige vers elle. Stupeur générale. Ses copains poussent des cris d'animaux et le charrient. Tim, imperturbable, s'assied à côté d'elle, se penche et l'embrasse, effaçant les traces de crème sur ses lèvres. Ensuite il se relève, incline la tête en une sorte de salut mi-sérieux, mi-moqueur, et rejoint ses copains qui l'acclament. Tim Culver a embrassé Martha Grace en public, et cela fait de lui un héros. Ce qui fait de Martha Grace une pauvre cloche. Elle tente de quitter discrètement ce café, de s'éclipser sur la pointe des pieds. Mais elle est coincée entre deux chaises et une table. Elle s'emmêle les pinceaux et laisse tomber son panier de pique-nique qui, éventré, déverse sur le sol des morceaux de viande, de pâte feuilletée et de tarte aux fraises. Le tout forme un amas couleur de sang et de vomi qui s'étale sur ses jolies chaussures du dimanche. Martha Grace s'enfuit sans se retourner, un peu plus humiliée à chaque pas. Elle se retrouve sur le trottoir et se mord les lèvres, essayant vainement d'effacer ce rouge dont elle s'est affublée. Désespérée, elle a envie de courir, courir très vite loin de cet endroit. Elle sait pourtant qu'elle doit se maîtriser et avancer d'un pas posé afin de limiter les dégâts. Et, tout le long de cette avenue, elle poursuit son chemin de croix, au milieu des passants, des touristes et des enfants qui pensent que la vie est belle. Durant tout ce temps, elle sent sur sa nuque, comme une brûlure, le regard de Tim Culver.

Le week-end suivant, aucun des deux ne mentionne l'incident. Martha est quelque peu distante et Tim hésite entre honte et culpabilité. Finalement, il opte pour le silence, pressentant que Martha n'a aucune envie d'aborder le sujet. Ils s'en tiennent à la routine, ce qui ne les aide en aucune manière. Il n'y a rien à réparer dans la maison, il n'est pas question de parler d'amour. Quant au sexe, le cœur n'y est pas et c'est vite expédié. Tim se rhabille à la hâte et Martha reste lovée sous la couette, en position fœtale. Elle se contente de pointer l'index vers les billets posés sur la table de nuit. Tim n'en prend que la moitié. On a sa fierté, tout de même. Pour Martha, c'est un camouflet de plus, mais elle se dit qu'elle s'en remettra. Elle en a connu de pires. Tim n'a pas besoin de savoir à quel point elle souffre. Elle s'est conduite comme la dernière des connes. Le week-end prochain, elle se rattrapera. Elle lui réserve une surprise. Une offrande qui réparera les dégâts. Et Martha redeviendra elle-même.

Samedi matin. Martha Grace prépare une gâterie pour Tim. Elle connaît ses goûts. Il aime les fruits rouges et le chocolat, comme tous les garçons de son âge. Sauf que Martha lui a appris à apprécier le vrai chocolat, le noir, tellement amer que ça cesse d'être un péché. Elle va donc lui concocter un gâteau de sa composition, à base de chocolat importé de France (90 % de cacao) et un mélange de baies. Elle s'y met dès l'aube. Elle tamise la farine, y ajoute la poudre de cacao. Puis les petits cubes de beurre, le sucre en poudre, un jaune d'œuf. Voilà, c'est parfait, elle met la mixture au frigo. Ensuite, elle s'occupe des fruits. Mûres, framboises, cassis, myrtilles, fraises des bois... Là, rien de plus simple. Elle fait mijoter le tout à feu doux avec du sucre et un peu d'eau durant au moins deux heures, jusqu'à obtenir une sorte de coulis. En fin de cuisson, elle ajoute une poignée d'autres baies. Elles font partie des fruits délicats que sa mère lui a appris à cueillir avant le lever du soleil, avant que ses rayons n'abîment leur peau délicate.

Martha Grace laisse reposer la gelée rouge sombre. Puis elle fait fondre le chocolat au bain-marie. Quand il glisse le long de la spatule en bois, luisant et visqueux, elle y ajoute quelques essences – amandes, vanille... – et quatre gouttes d'un mélange dont sa grand-mère a emporté le secret dans la tombe.

Elle laisse la casserole au bain-marie et contemple le magma qui fait de grosses et lourdes bulles, tandis que l'air frais du petit matin envahit la cuisine. Il est temps maintenant de préparer la pâte feuilletée. Elle la sort du frigo et la pose sur une plaque de marbre, l'étale une première fois, la plie en deux, recommence la manœuvre. Sept fois de suite. Puis elle l'insère dans un moule et l'enfourne. Environ trois quarts d'heure plus tard (elle cuisine toujours au pif), elle en sort une coque marron foncé, crénelée et légère à souhait. Elle y verse le chocolat fondu, y ajoute une poignée d'amandes grillées et les regarde s'enfoncer lentement dans le mélange noir qui les absorbe goulûment, tels des sables mouvants. L'arôme est si intense qu'elle en a l'eau à la bouche. Mais elle se garde bien de se lécher les doigts. Tim adore le faire.

Quand le chocolat est tiède, pratiquement figé, elle bat trois jaunes d'œufs avec trois cuillerées à soupe de sucre en poudre et incorpore le mélange dans la gelée de fruits. Puis verse délicatement l'ensemble sur le chocolat. Ensuite, elle pose le moule dans le four préchauffé. Et elle attend. Dix, vingt, trente minutes. Elle n'en profite pas pour laver les ustensiles, ni pour s'essuyer les mains. Non. Elle attend, les yeux rivés sur la minuterie du four. En fait, elle pleure. Une grosse larme toutes les quinze secondes. Quand elle en a versé cent soixante, son gâteau est cuit. Elle le sort du four et le laisse refroidir. Puis elle va se coucher, se recroqueville en chien de fusil et se berce doucement, jusqu'à ce que vienne le sommeil.

Quand elle se réveille, Martha court voir son gâteau. Il est froid et très noir. Elle le démoule sur un grand plat blanc qu'elle met dans le réfrigérateur, à côté d'une saucière pleine de crème fouettée. Puis elle entreprend de nettoyer la cuisine. Les casseroles, les saladiers, le moule, les cuillères en bois, les étagères, le four, le plan de travail, le carrelage, tout y passe.

Ensuite, elle va dans la salle de bains, se déshabille, fourre ses vêtements dans un sac-poubelle. Puis elle s'étrille sous une douche froide, gant de crin et brosse à ongles. Elle se récure de la tête aux pieds, frotte si fort que sa peau en devient écarlate.

Elle brûle sa jupe et son chemisier en début d'après-midi, au fond du jardin, en même temps qu'un amas de feuilles mortes dont elle comptait se débarrasser. Plus tard, elle rassemble les braises à l'aide d'un râteau.

Tim Culver frappe à sa porte à quatre heures moins le quart. Avant son arrivée, elle a consacré encore une heure à se préparer. Elle arbore une robe chasuble en soie noire qui flotte sur ses rondeurs, en masquant certaines, mettant les autres en valeur. Elle a détaché ses longs cheveux gris, a mis du rouge sur ses lèvres charnues. Un soupçon d'ombre à paupières souligne ses yeux gris pâle. Tim Culver sourit. Martha Grace est belle. Il entre et lui tend les trente roses rouges qu'il a cachées derrière son dos tout le long de la rue, au cas où elle le guetterait par la fenêtre – ce qu'elle a fait. Il l'embrasse, se confond en excuses et en explications. Puis ils se précipitent à l'étage, se jettent sur le lit. Les mots n'ont plus d'importance, la gêne, la honte, la culpabilité ont disparu, seuls comptent leur peau l'une contre l'autre, leurs sexes et la chair ample et généreuse de Martha. Ils sont totalement amoureux et Tim gémit de plaisir tandis qu'elle caresse sa bouche, son torse, sa verge. Et Martha oublie le passé et l'avenir, n'est consciente que de l'instant présent.

Plus tard, elle entraîne Tim au rez-de-chaussée. Elle a enfilé un léger peignoir rouge, il a jeté une couverture sur ses épaules. Elle ferme les doubles rideaux, baisse la lumière, fait asseoir le garçon à la table de la cuisine et lui verse un verre de vin. Puis un autre. Elle lui demande s'il a de la coke. À la fois étonné et ravi, il lui répond que oui, justement, il en a un sachet dans la poche arrière de son jean. Elle lui dit de ne pas bouger, de se servir un autre verre. Elle revient de la chambre avec la poudre, prépare les lignes, n'en prend qu'une demie quand il en sniffe deux. Il ne s'en étonne pas, est simplement heureux qu'elle partage son plaisir. Il reprend du vin et de la cocaïne, ils baisent sur la table, se laissent tomber sur le carrelage rutilant. Malgré la poudre, le vin et l'amour ont ouvert l'appétit de Tim. Ça tombe bien : ce matin, Martha a justement confectionné un gâteau spécialement pour lui. Elle ouvre le réfrigérateur et pose le plat devant lui. Ses pupilles se dilatent encore un peu plus tandis qu'il en salive d'avance. Martha lui sert une généreuse portion, la recouvre de crème et va chercher une cuillère. Tim tend une main qu'elle repousse. Elle tient à lui donner la becquée. Il trouve l'idée géniale et rit comme un bambin.

Tim Culver se régale. La pâte feuilletée, le chocolat noir, la gelée rouge, la crème onctueuse lui fondent dans la bouche. Il avale chaque cuillerée et en redemande. Les yeux clos, il savoure la texture, les arômes et la générosité de cette femme qui a fait de la pâtisserie toute la matinée, malgré ce qui s'est passé, malgré la façon dont il s'est conduit. Elle doit vraiment l'aimer. Sûr qu'elle l'aime autant qu'il l'aime. Il ouvre les yeux pour embrasser Martha Grace et voit qu'elle lui sourit alors que des larmes coulent sur ses joues. Elle lui tend une autre cuillerée qu'il repousse pour embrasser son visage et boire ses larmes. Il implore son pardon, lui promet de l'aimer pour toujours. Sur ce dernier point, il ne croit pas si bien dire.

Finalement, Martha lui a fait avaler la moitié du gâteau. Il boit un autre verre de vin. Laisse un message un peu vaseux sur le répondeur d'un copain. Il lui raconte qu'il est avec une nana – un vrai canon, une bombe. Que les potes ne comptent pas sur lui ce soir, il veut passer la nuit avec sa petite poupée. En disant cela, il regarde Martha, guettant le bonheur qui va se lire sur son visage à l'idée de l'avoir dans son lit, toute la nuit. Martha sourit avec gratitude et Tim éteint son portable. Elle a insisté pour qu'il utilise son propre téléphone ; si jamais son copain rappelait, ce serait embarrassant qu'il tombe sur son numéro à elle. Tim est touché qu'elle se soucie encore de sa réputation.

Elle lui verse un autre verre. Il ne s'aperçoit pas qu'il est en train de finir la bouteille alors que Martha n'a pas bu une seule goutte. Il sniffe une autre ligne puis ils font de nouveau l'amour. Enfin, ils essaient, mais Tim n'arrive pas à jouir. Il se ressert une part de gâteau, en mange la moitié puis cale, avale une gorgée de vin, lèche son index afin de récupérer quelques grains de poudre blanche sur la table en bois. Tim Culver ne sait plus trop où il en est. Il est à la fois fatigué et parfaitement éveillé. Il a l'impression d'avoir trop mangé et pourtant d'avoir encore faim. Il est ivre et sent bien que ses réflexes sont ralentis mais, d'un autre côté, il est excité comme une puce. Il est amoureux de Martha Grace et en éprouve du mépris pour elle et pour lui-même. Il est vivant, mais tout juste.

Tim Culver meurt d'une crise cardiaque. Son jeune cœur n'a pas résisté au mélange de vin, de drogue et de baise – sans compter le gâteau très spécial que Martha a concocté pour lui. Elle va chercher son jean et sa chemise dans la chambre, les lui enfile, puis sort le corps par la porte de la cuisine qui donne sur l'arrière-cour, le traîne jusqu'à la grille. Il est lourd et elle est robuste, mais l'urgence décuple ses forces. Il fait nuit. La rue est déserte, personne ne la voit déposer Tim dans une impasse à cent mètres de là. Quand elle lui donne un dernier baiser, ses lèvres sont déjà froides. Il sent le chocolat, le vin et le sexe.

Elle rentre chez elle et, pour la deuxième fois de la journée, nettoie la cuisine à fond. Puis elle va se coucher. Elle se lavera demain matin. En attendant, l'odeur de Tim sur ses draps, ses cheveux et sa peau lui tiendra chaud.

On retrouve Tim Culver le lendemain. L'autopsie révèle un fort taux de cocaïne et d'alcool dans son sang. Inutile d'aller chercher plus loin. Ses amis ont déclaré qu'il a passé la nuit avec une fille. Les traces de sperme relevées sur son jean confirment qu'il a eu des rapports sexuels peu de temps avant de mourir. Les policiers disent à ses parents qu'il était « en compagnie d'une jeune fille », mais n'en pensent pas moins. Avec une pute, oui ! Encore un brave petit gars victime des mirages de la ville. Finalement, a-t-on raison de les envoyer à l'université ? Personne n'imagina que la mort de ce splendide jeune homme pût avoir un quelconque rapport avec cette vieille sorcière de Martha Grace. D'ailleurs tout le monde savait qu'elle était lesbienne.

Au bout de quelques mois, Martha Grace retrouve ses repères, redevient celle qu'elle était avant Tim Culver. Elle vit seule, parle rarement à ses voisins, se suffit à elle-même. L'un dans l'autre, elle n'est pas malheureuse. Elle a seulement un petit coup de blues, parfois, quand elle songe à la brève époque où elle fut heureuse.

Val McDermid

Métamorfolie

Ses doigts se promènent le long de mon dos. Ses lèvres caressent ma nuque. Ses ongles laissent leur marque éphémère sur ma peau, tel le sillage d'un 747 sur un ciel d'azur. Ses dents mordillent mes flancs, s'enfoncent dans ma chair. Ses mains empaument mes fesses, les palpent, les écartent. Sa langue s'insinue et provoque en moi des vagues de plaisir qui se répandent jusqu'au plus profond de mon être. Je reconnais à peine ma voix qui gémit, qui supplie. Je suis son esclave.

Comment ai-je bien pu en arriver là ? Dans cette chambre d'hôtel, en proie à un désir insurmontable. Jamais je n'ai eu envie de faire l'amour avec une femme. Jamais je n'ai fantasmé à propos du sexe pour le sexe. Non. J'ai toujours été du genre romantique. Les bougies, c'était uniquement pour les dîners aux chandelles.

Et, maintenant, je suis accro. J'ignore comment ça m'est venu. J'ai beau passer en revue tout ce qui m'est arrivé, je n'y comprends toujours rien. Ça me ressemble tellement peu. Rien à voir avec ma vie, rien à voir avec moi. Relation de cause à effet ? Action ou réaction ? Je devrais pourtant être capable de m'y retrouver, puisque c'est mon métier. C'est d'ailleurs là qu'a commencé toute cette histoire.

Je m'appelle Jane Sullivan, je suis avocate, inscrite au barreau depuis douze ans. Spécialiste des cas limite et des causes désespérées. Je suis mariée, j'ai deux filles de onze et neuf ans. David, mon mari, est prof de philo à l'université de Manchester. Nous habitons dans une maison de style victorien, à Didsbury, un quartier tranquille qui n'a pas encore été investi par les intellectuels de gauche. Nous avons deux Volvo et un adorable labrador, prénommé Sam. Bref, nous sommes terriblement bo-bo, à mi-chemin entre la gauche caviar et la droite hareng saur, et j'adore ça.

Alors, comment ai-je pu atterrir dans cette chambre sordide, gémissant de plaisir sous les mains expertes d'une femme dotée de six piercings et de trois tatouages ?

Stephie a débarqué dans mon cabinet – et dans ma vie – il y a six mois. Elle m'a demandé de défendre une cliente accusée de tentative d'homicide. Elle habitait à Leeds et un collègue, impressionné par ma réussite lors d'un cas similaire, lui avait suggéré de me contacter.

L'histoire était tristement banale. La cliente de Stephie – la mienne, dorénavant – avait trouvé refuge dans un foyer pour femmes battues après que son petit ami l'eut envoyée à l'hôpital une fois de trop. En dépit d'un jugement du tribunal lui interdisant de s'approcher d'elle à moins de cent mètres, il s'était introduit dans le foyer en question, l'avait débusquée dans la cuisine avec l'idée de lui filer un coup de poing en pleine poire. Dans sa hâte, il avait glissé et s'était cassé la figure. Elle, de son côté, avait eu la présence d'esprit de fracasser contre l'évier la bouteille de lait qu'elle tenait à la main. Tandis qu'il tentait de se relever, elle l'avait blessé à la gorge avec le tesson. Résultat des courses : de victime elle était devenue coupable et passible de quelques années de prison. C'est ça, la justice.

Par la suite, j'appris que Stephie travaillait à mi-temps dans ce refuge pour payer ses études. Elle avait vingt-trois ans et terminait son doctorat en psychologie. La cliente lui faisait confiance, et pour elle c'était un scoop !

Très franchement, ce jour-là, je ne lui ai pas prêté attention. J'ai vaguement noté ses cheveux noirs qui contrastaient avec ses yeux bleus et je me suis dit qu'elle devait être d'origine irlandaise. Surtout avec cette peau laiteuse. En fait, c'est le cas de sa « cliente » qui m'intéressait vraiment. Comment contourner la loi, invoquer le vice de procédure et utiliser au mieux l'article 18.

J'ai bossé sur le dossier, et puis je suis revenue à la maison, ai donné à mes filles leur jambon-purée avant de les border et de dîner avec mon mari. J'avoue que je n'ai plus pensé à Stephie, jusqu'à ce que l'affaire passe au tribunal de Leeds.

Ma cliente tremblait de la tête aux pieds. Stephie ne valait guère mieux. Elles attendaient dans le couloir, assises sur le banc qui n'était pas encore celui des condamnées. Inutile d'essayer de discuter avec la présumée innocente, visiblement HS. Alors je me suis adressée à Stephie, lui ai expliqué que j'avais déjà rencontré le procureur et qu'il avait refusé de négocier. Paradoxalement, ce facteur pourrait jouer en notre faveur, précisai-je. J'allais invoquer la légitime défense. Quand j'expliquerais au jury ce qu'avait subi cette pauvre femme... ils l'acquitteraient. C'était pratiquement dans la poche.

Finalement, ça a foiré. J'avais appelé ma cliente à la barre. Erreur fatale. Elle fut lamentable. Agressive, pas médiatique pour deux sous. S'emmêlant les crayons. Du coup j'étais sûre que les jurés allaient voter en faveur du petit ami, le pauvre chou. J'étais furieuse, mais pas question de m'avouer vaincue. Je leur ai balancé un speech qui les a tous laissés sans voix.

Persuadée que le jury délibérerait longuement, j'avais réservé ma chambre d'hôtel jusqu'au lendemain. Ce fut inutile. Au bout d'une demi-heure, les jurés sont revenus avec leur verdict : non coupable.

J'ai félicité ma cliente et serré la main de Stephie. Puis je suis allée récupérer mes bagages à l'hôtel. *Home, sweet home*...

Je venais à peine de jeter ma veste sur le lit qu'on frappa à la porte. La femme de chambre, sans doute. Ou le garçon d'étage qui venait regarnir le minibar.

Mais non. C'était Stephie, nonchalamment appuyée contre le chambranle, une bouteille de champagne à la main :

— J'ai pensé que vous aimeriez célébrer votre victoire.

— Euh... C'est que... je m'apprêtais à partir.

Elle eut un demi-sourire, qui creusa une adorable fossette au milieu de sa joue.

— Allez, ne vous faites pas prier ! C'était super, votre performance. Vous méritez de la revivre avec quelqu'un qui apprécie votre honnêteté.

— Euh, vraiment, c'est très gentil, mais il faut que j'y aille...

— De toute façon, personne ne vous attend à Manchester. Vous pensiez que le procès durerait au moins deux jours, souvenez-vous !

Elle brandit sa bouteille de champagne et je ne pus m'empêcher de remarquer qu'il s'agissait d'une excellente marque. Malgré moi, je lui souris.

— Après tout, pourquoi pas ?

Si, à cet instant précis, j'avais connu la réponse à cette question qui n'en était pas une, je lui aurais claqué la porte au nez. Au lieu de cela, j'ai pris deux verres dans le minibar et on s'est assises près de la porte-fenêtre. Les rayons d'un soleil agonisant vinrent se refléter sur les petits diamants qui ornaient son arcade sourcilière. Elle ouvrit la bouteille avec une étonnante dextérité et emplit nos verres sans en gaspiller une goutte. Puis elle porta un toast :

— Gloire au crime ! T'as été fantastique, tu sais ? Je m'attendais au pire. Grâce à toi on a gagné !

— Bof, je n'ai fait que mon métier.

Elle secoua la tête :

— Ne sois pas si modeste ! J'en ai connu, des avocats. Je sais faire la différence. Tu t'es surpassée, ma grande.

J'avais la tête qui tournait, j'avais vaguement l'impression qu'elle me draguait. C'était probablement l'effet de mon imagination.

— Ça s'appelle de la conscience professionnelle, balbutiai-je, une simple question de déon... déontologie.

— Oui. Je sais.

Puis, désignant le cendrier posé sur la table, elle demanda :

— Ça t'ennuie si je fume ?

— Je t'en prie. Ce n'est pas comme si je devais passer la nuit ici...

Elle sortit de son sac une pochette en plastique et se roula un joint.

Je savais qu'elle allait me rire au nez et penser que je réagissais comme sa grand-mère, mais ce fut plus fort que moi :

— Quoi ? Ne me dis pas que tu t'es baladée dans le tribunal avec toute cette herbe ?

— Hé, cool ! « Toute cette herbe » atteint à peine le montant de la caution, ma grande. Personne n'a fait attention à moi. Putain, j'aurais pu aller me shooter dans les toilettes une dizaine de fois que même le juge ne l'aurait pas remarqué !

Elle a dû voir l'horreur dans mes yeux car elle a cru bon d'ajouter :

— Rassure-toi, je ne touche pas au vrai truc. Non, jamais. Juste un pétard de temps en temps.

Elle alluma son joint et tira une bouffée, qu'elle retint durant une bonne quinzaine de secondes, les yeux fermés, sourire aux lèvres. Elle exhala lentement et me tendit son mégot avec un regard amusé.

Je ne sais pas pourquoi je l'ai pris. Peut-être voulais-je simplement lui prouver que je n'étais pas aussi coincée qu'elle le pensait. Ou peut-être avais-je envie de retrouver l'étudiante que j'avais été avant que l'ambition et la réussite n'oblitèrent tout autre désir ? Je l'ignore. Si l'on pouvait reconstruire sa vie avec des « peut-être », ça se saurait. Et, si l'on plonge, même tardivement, ça signifie sans doute qu'on était doué pour le plongeon. Quoi qu'il en soit, j'ai partagé le joint de Stephie. Et celui d'après. On a bu le champagne, aussi. Et je me suis libérée, peu à peu. Les masques sont tombés et on s'est raconté des trucs intimes. De fil en aiguille, on a trouvé normal de commander une deuxième bouteille au room service. On l'avait à demi éclusée quand Stephie a dit :

— Bon, je vais y aller. Et toi, si tu dois retourner à Manchester, tu devrais vérifier les horaires des trains, ma grande.

Je me suis sentie misérable, abandonnée. Je ne voulais pas qu'elle parte. Jamais je n'avais éprouvé une émotion d'une telle intensité. Mon cœur battait trop vite. En même temps, je me sentais cool, tout paraissait simple. Elle s'est levée et s'est dirigée vers la sortie. Je ne voyais pas comment j'aurais pu l'arrêter, alors je l'ai suivie. Elle a ouvert la porte puis s'est retournée vers moi :

— Eh bien, bonne nuit !

Et elle m'a roulé une pelle.

Ses lèvres étaient si douces. J'ai senti sa langue qui caressait la mienne et c'était bon. C'était comme si elle m'aimait. J'ai plongé ma main dans ses cheveux, l'ai attirée vers moi. Et soudain elle s'est écartée. Ce fut comme un déchirement.

— Tu crois que c'est une bonne idée de s'embrasser devant tout le monde dans le couloir d'un hôtel ?

L'avocate qui sommeillait en moi se réveilla en sursaut et rougit jusqu'aux oreilles. Je fis un pas en arrière et tentai de fermer la porte. Mais Stephie était déjà à l'intérieur.

— Tu le veux autant que moi, n'est-ce pas ? me souffla-t-elle à l'oreille.

Question de pure rhétorique. Dans la minute qui suivit, nos vêtements volèrent dans les airs, nos bras et jambes s'entrelacèrent, nos corps se trouvèrent. Pas besoin de se jouer le jeu de la séduction et toutes ces conneries préliminaires ; c'était la faim et la soif enfin assouvies, le sexe à l'état pur, merveilleux diamant. Le temps n'existait plus. Elle éveillait en moi des désirs inconnus, elle attendait que je la supplie pour mieux me satisfaire. De mon côté, je me découvrais des dons, des caresses et des violences dont j'aurais eu honte avec n'importe qui d'autre. Entre nous les paroles étaient superflues. Juste quelques indications, parfois : « Non, attends, arrête, c'est trop bon, je ne veux pas jouir avant toi. »

On s'est endormies peu avant l'aube, je crois. Je me suis réveillée une ou deux heures plus tard. Elle était étendue près de moi, un lambeau de drap entortillé autour d'une cuisse. La chambre sentait bon l'amour et la marijuana. Les chiffres verts du réveil digital indiquaient 7:34.

Et, d'un seul coup, je me suis souvenue de ma vie. David devait être en train de houspiller les filles parce qu'il était temps qu'elles se préparent pour l'école. Peut-être s'était-il demandé pourquoi je ne l'avais pas appelé, la veille au soir. Mais non. Il sait que lorsque je planche sur un cas délicat, je me concentre et ne donne aucun signe de vie. J'aime bien avoir la paix quand je bosse.

J'aurais dû me sentir coupable. Et pourtant, non. Au contraire, j'étais émerveillée. Étonnée qu'une chose aussi fantastique ait pu m'arriver alors que je croyais ma vie toute tracée.

Stephie remua légèrement, souleva une paupière.

— Ah, t'es encore là ? Ben dis donc, t'as dû rater ton train !

— J'aimerais bien qu'on se revoie.

Les mots m'avaient échappé. Elle se redressa sur le lit, me fit signe d'approcher et m'embrassa.

— Oui, je sais.

Dans le train, en route vers Manchester, je compris que j'étais mal barrée. Je croyais sentir encore la caresse de ses mains sur mon corps et je souriais aux anges, béatement. Les autres passagers devaient me prendre pour une débile. Je m'en foutais. Dire que j'avais passé toutes ces années en noir et blanc sans savoir que la photo couleur existait. C'était inouï. Que de temps perdu ! Bien sûr, je savais que c'était strictement physique. Rien à voir avec l'amour. Donc, pas de danger. On pouvait se voir quand on le voulait, ni vu ni connu. Sauf si Stephie tombait amoureuse de moi, cela poserait un grave problème. Mais non, je me faisais mon cinéma. Elle n'était pas du genre à craquer pour une fille aussi conventionnelle que moi.

J'avais oublié d'imaginer la situation inverse. L'arroseur arrosé...

La semaine suivante, je l'ai revue à Londres. Ce fut plus que sublime. L'exploration des *terra incognita*, la fantasy doublée de fantaisie, la science-fiction revue et corrigée. Avec la cocaïne en sus. Génial, pour désinhiber mes dernières inhibitions. On s'est payé une nuit d'enfer.

Après cette nuit mémorable, je me suis retrouvée toute bête, à Manchester. À m'inventer des séminaires ou des plaidoiries me permettant d'aller passer quelques heures avec elle. Je ne pouvais m'empêcher de lui téléphoner tous les jours. Et, bien sûr, nos conversations tournaient autour du sexe. Rien qu'en l'écoutant, je mouillais mon string. Elle aussi, j'en suis sûre. Mon travail s'en ressentait, parce que je passais plus de temps à rêver d'elle qu'à plancher sur les affaires en cours. Je prenais des risques énormes, mettais en danger mon job et ma famille, bref tout ce qui avait compté plus que tout au monde dans ma vie jusqu'à ce que je la rencontre.

Et voilà. Voilà pourquoi je me retrouve à genoux devant une nana qui, de toute évidence, ne s'intéresse plus à moi. Chaque fois que je lui propose une sortie, elle n'est pas libre, comme par hasard. Elle a toujours un tas de prétextes. Souvent, quand je l'appelle, je tombe sur quelqu'un d'autre et on me répond qu'elle est absente. Ha ha ! En vérité, je ne supporte pas l'idée de la savoir dans les bras d'une autre. Elle, qui a bousillé ma vie, qui m'a volé mon couple et mes enfants. C'est vrai, quoi ! Avant de la connaître, j'étais heureuse.

Si elle me quitte, je ne sais pas ce que je vais faire. Ça me rend folle, et je comprends maintenant les tueurs en série.

Pas un coup de fil. Non, mais elle me prend pour qui ? Et pour qui se prend-elle ?

J'ai peur de ce que je deviens. Le matin, je me regarde dans la glace et je ne me reconnais pas...

Ça y est, je sais ce que je dois faire. Et il faut que ce soit maintenant, avant qu'elle ne me quitte.

J'ai un plan. Ce sera notre dernière nuit ensemble. J'ai réservé la chambre à son nom. Elle ignore évidemment que j'en ai pris une autre, incognito, dans un hôtel à l'autre bout de la ville. Le genre d'endroit où personne ne fait attention à vous. J'ai payé d'avance. Cash. Pas folle, la guêpe !

Stephie va venir me rejoindre, elle aime bien les endroits un peu glauques. Comme elle n'a plus tellement envie de me voir, je lui ai demandé d'apporter ses trucs de bondage. Les fouets, les chaînes, les menottes et tout le bazar. Elle ne peut pas résister à ces petits jeux. Et je sais qu'elle ne trouve plus personne avec qui jouer. À part moi.

On va bien s'amuser. Le sac plastique sur la tête, je parie qu'elle n'a pas encore essayé. Normal, c'est plutôt un truc de mec. Ça les fait bander, paraît-il. L'asphyxie auto-érotique.

J'ai tout prévu. Je lui attacherai les chevilles au pied du lit, lui ligoterai les poignets. Elle adorera. Je garderai les poppers et le sac pour la fin. Tragique accident, conclura la police.

Le plus dur, ce sera d'éviter son regard. Peut-être que je devrais prévoir un sac-poubelle noir plutôt que du plastique transparent.

Table des matières

632

Composition PCA à Rezé
Achevé d'imprimer en Allemagne (Pössneck) par GGP
en mars 2004 pour le compte de E.J.L.
84, rue de Grenelle, 75007 Paris
Dépôt légal mars 2004

Diffusion France et étranger : Flammarion